十二月十日

喬治·桑德斯 著

TENTH OF DECEMBER

GEORGE SAUNDERS

| 目錄

015 | 繞場賀勝

043 | 圖騰

045 | 幼犬

057 | 逃離蜘蛛頭

099 | 聖誡

105 | 魯斯敦狂想曲

122 | 森普立卡女孩日記

188 | 回家

228 | 騎士敗北記

239 | 十二月十日

得獎紀錄

- 第一屆佛立歐文學獎——Folio Prize，總獎金六萬英鎊
- 美國「筆會／馬拉末獎」——PEN/Malamud Award
- 短篇小說文學獎——The Story Prize
- 入圍美國國家書卷獎決選
- 入選美國獨立書商獎年度最佳小說
- 入選《紐約時報》年度十大好書
- 入選《時代》年度十大好書
- 入選《娛樂週刊》年度十大好書
- 入選英國《每日電訊報》年度十大好書
- 入選英國BBC年度十大好書
- 入選《*Time Out*》年度十大好書
- 入選亞馬遜網路書店年度十大好書
- 入選《*GQ*》年度風格男人
- 入選《時代》年度百大影響人物——喬治・桑德斯

名人讚譽

「自馬克・吐溫以後，諷喻現世最精闢、最風趣的美國作家非桑德斯莫屬。桑德斯先生有道德上的嚴肅而且善感，完美地寫出我們身處時代的瘋狂。世世代代的人將會持續閱讀他的作品。」

——莎娣・史密斯，《白牙》作者

「喬治・桑德斯透過《十二月十日》證明他是當代最具顛覆性、最詼諧幽默、也最直扎人心的作家。稱得起這些形容詞的作家並不多見，但桑德斯是真正原創性的作家——創意源源不絕，卻牢牢地根植人性。」

——珍妮佛・伊根，《時間裡的癡人》作者，普立茲獎得主

「一次又一次地，桑德斯屢屢證明他不合時宜、具顛覆性又過份正經的寫作，不僅不是在和資本主義唱反調，反而對它最自然且奏效的回應。超越人『筆』極限的東西他寫來輕而易舉。有他算我們運氣好。」

——強納森・法蘭岑，《自由》作者，美國國家書卷獎得主

「超現實卻字字見血。」

——瑪格麗特．愛特伍，《盲眼刺客》作者，布克獎得主

「人物語調神準，文字優雅、幽暗、真摯、風趣。」

——湯瑪斯．品瓊，《萬有引力之虹》作者，美國國家書卷獎得主

「創作天才的寶典……這本故事集不放棄任何討人喜歡的機會，有時怪異、超現實，甚至用黑色幽默看待非常正經的事……喬治．桑德斯讓讀者覺得自己是不是從來沒讀過小說。」

——卡勒德．胡塞尼，暢銷小說《追風箏的孩子》作者

「具有多面性的作家，看起來很好讀，深入閱讀後才發現複雜得不可思議。」

——約書亞．費瑞斯，暢銷小說《然後，我們就Bye了》作者

「喬治．桑德斯是個完全原創的作家，沒人寫得像他一樣。如果你真的想要讀點有意義的故事，我指的是那些關於生與死或者正義，你就讀桑德斯的故事。沒人比他寫得更好，沒人。」

——戴夫．艾格斯，暢銷小說《揭密風暴》作者

「喬治・桑德斯是當代美國最令人興奮的作家。」

——大衛・佛斯特・華萊士

「這幾則短篇故事之妙，樂得我想猛捶自己的臉。桑德斯不負眾望，故事不僅逗趣、創新，人物心聲也呼之欲出。人性刻劃之深刻更是令人動容。」

——強・麥貴格，《*Even the Dog*》，國際IMPAC都柏林文學獎得主

「還不熟悉美國當代短篇小說大師喬治・桑德斯的讀者，現在趕快去買這本短篇故事集。天啊，實在既尖銳又有趣。」

——莫西・哈密德，暢銷小說《拉合爾茶館的陌生人》作者

「了不起。」

——瑪姬・葛倫霍，金球獎影后，【蝙蝠俠：黑暗騎士】

「人性刻劃扣人心弦、令人震撼、無與倫比，這些故事非常動人。」

——茱莉安・摩兒，奧斯卡影后，【我想念我自己】

書評讚譽

「宛如馮內果的接班人……在桑德斯先生諷刺的目光下，美國既陰暗又瘋狂；其實很殘忍卻又非常有趣。」

——角谷美智子，《紐約時報》權威書評人

「倘若真的有『作家中的作家』，這傢伙就是喬治・桑德斯。」

——喬伊・魯弗，《紐約時報》雜誌副主編

「桑德斯的故事驚心動魄，情節如夢境，讀來有大夢初醒、面對現實的感覺。」

——《時人雜誌》

「若說短篇小說大師桑德斯是改變美國小說界進程的推手也不為過。」

——《華爾街日報》

「揉合幽默與人性，令人難以抗拒……讀後勢必滿心激賞，容光煥發。評等：A。」

——《娛樂週刊》

「桑德斯面對二十一世紀的世俗經驗，捕捉到支離破碎的韻律、漫無條理的感官資訊、荒誕無稽的現實，當今文壇無人能出其右。」

——《波士頓環球報》

「桑德斯身為美國社會與文學評論家，今後更可望蔚為本世紀的喬治・歐威爾。」

——《泰晤士報》

「桑德斯先生宛如韋斯特（Nathanael West）與馮內果（Kurt Vonnegut）暗通款曲的產物…戴著諷喻的眼鏡觀察美國，透視黑暗與癲狂的一面，見解也毒辣，至為幽默。」

——《紐約時報》

「閱讀喬治・桑德斯的故事，可以毫無異議地說是前所未有的經驗。他諷刺性十足的故事，帶領讀者來到路易斯・卡羅筆下《愛麗絲夢遊仙境》的世界，只是更加倍地黑暗……超現實，夾雜著感動與深深地憤怒。」

「尖酸刻薄但好好笑，他的故事聰明地結合滑稽喜劇和歐威爾式的警告，針砭無心守護公共道德的社會，不要因為資本主義偏激傲慢的倫理價值而掠奪了個人的獨立思考。」

——《觀察家報》

「以炫人耳目的超寫實描寫挫敗的美國社會。」

——《每日電訊報》

「超現實主義者的諷刺傑作。」

——《週日泰晤士報》

「他用溫暖和人性情懷來馴化筆下尖銳的諷刺劇和故事裡反烏托邦的未來世界……不過，桑德斯不曾用說教來強迫讀者思考我們的世界如何失控。每頁故事都充滿笑料，狡獪的觀察和深入的指涉從不會遙不可及……本書是最出色最犀利最能讓人捧腹大笑的短篇故事集。」

——《浮華世界》

——《獨立報》

「桑德斯筆下寫的是另類的美國——偏不巧，它恰恰是今日美國的寫照。」

——《*VOGUE*》

「至少十年以上，喬治・桑德斯是以英文寫作的短篇小說家之中，最好的一位，不是『其中之一』」或『現今在世』，他都是最好的……他的作品就像對了無生氣的當代社會所發出的鳴金巨響，一個偉大的人偉大的藝術之作。」

——《時代》

獻給Pat Pacino

繞場賀勝

十五歲生日的前三天，艾莉森・波普駐足樓梯最上層。

把樓梯假想成大理石做的。把自己假想成翩翩下樓的女孩，眾人轉頭過來。我的眞命天子在哪裡呢？來了來了。他微微鞠躬，驚嘆著，女孩嬌小的身軀，怎可能散發如此浩瀚的優雅？哎喲。怎麼用嬌小來形容人家嘛。而且，還傻傻杵在那裡。王子一般的大臉居然還面無表情？可悲啊！很抱歉，再聯絡囉。他下樓了。他絕對不是眞命天子。

站在嬌小先生後面的男生如何？就站在客廳視聽櫃旁邊的那個。脖子粗粗的，具有農夫的憨直，嘴唇豐厚不失溫柔，一手伸過來，放在女孩的小蠻腰上，以英國腔低聲說，唉，嬌小什麼？剛才那人太冒失了，容我代妳喊冤。我帶妳去月球漫步吧。呃，不對，應該是站在月亮裡。站在月光下。

他該不會眞的說，**我帶妳去月球漫步**？這樣的話，她應該眉毛挑得高高的。如果扮不出鬼臉，至少也要說，這……我這身衣裳，不太適合登月喔。據我所知，月球表面好像超冷吧？

別鬧了，諸位男士，人家總不能在想像世界裡的大理石階梯一直步履優雅吧。親愛的白髮后冠女一臉像在說，號稱王子的這些人，豈可讓嬌滴滴的小公主原地踏步？倒盡胃口。更何況，她今晚有一場芭蕾舞公演，緊身衣還在烘乾機裡，非去拿出來不可。

嗟嘆！竟發現自己依然駐足樓梯頂。

一手握欄杆，臉朝樓上，向下一次蹦跳一階。最近這舞步變得好難，因爲女孩的腳丫簡直一天大一吋。

芭德莎貓步，芭德莎貓步。*Pas de chat, Pas de chat.*

尚日芒交換腳，尚日芒交換腳。*Changement, Changement.*

客廳地毯和走廊地磚隔著一條金屬線。騰躍過去。

照著玄關的鏡子，向自己行屈膝禮。

快一點啦，媽，來這裡。不然又會在一旁挨凱蘿老師的嚴厲斥責喔。

好嚴格喔！話雖這麼說，她其實很敬愛凱蘿老師。也愛芭蕾班上其他女生。學校的女同學也是。愛死她們了。大家都好nice。學校裡的男生也是。學校裡的老師也是。所有老師都很努力。說實在的，她整個鎮都愛。愛那個好可愛的蔬果販，他會拿水瓶對著萵苣噴水咧！愛那個女牧師卡若，巨臂的她一點也不自卑喲！愛那個胖郵差，拿著泡泡信封比手劃腳的！這個鎮從前靠磨製麵粉起家。超瞎的，對不對？有什麼重大的含義嗎？

另外，她也愛她家這棟房子。小溪的對岸有座俄羅斯教堂。好有民族風味喔！打從她穿小熊維尼連身包腳衣那幾年，洋蔥樣的教堂圓頂就是她的窗景。她也愛這一條悅頌巷。在悅頌巷上，家家戶戶的設計全採南加州美學。太神奇了！你如果有朋友住悅頌巷，不必踏進他們家一步，你就能摸清裡面的所有東西。

來個單腳對地畫圓圈的舞步。*Jeté, Jeté, rond de jambe.*

芭德波瑞碎步。*Pas de bourrée.*

心情好，突發奇想，向前翻滾一圈，一躍而起，親一親那張石器時代拍的相片。照片是爸媽在潘尼百貨相館拍的，小萌妹自己也在裡面，親一下，頭髮上的蝴蝶結比大西部還大。

有時候，心情好成這樣，她會想像一隻小鹿在森林裡顫抖。

小小鹿，你媽媽去哪裡了？

我不知道，小鹿以海瑟的妹妹蓓卡的嗓音說。

你怕不怕？她問小鹿。你餓了嗎？要不要我抱抱？

好，小小鹿說。

獵人出現了，握著鹿角，把小鹿的媽媽拖過來，開膛破肚。哇塞，慘斃了！她遮住小鹿的眼睛，罵說：嗳，鄙夷獵人，你閒著沒事做嗎？怎麼宰了這小孩的媽媽？虧你看起來還像是好人。

媽咪死了嗎？小鹿以蓓卡的嗓音問。

沒有，沒有，她說。紳士說他該告辭了。獵人被她的姿色迷倒，舉帽或掬帽向她致意，單膝跪下說，倘使能讓此鹿（fawn）死而復生，在下願一試，希冀姑娘在老邁的額頭上恩賜溫柔一吻。＊

走吧，她說。但求你懺悔期間勿食此牡鹿，將之葬在苜蓿原野上，輕撒玫瑰花瓣，並安排唱詩班，柔聲為其橫禍悼頌。

葬誰呀？小鹿問。

沒人沒人，她說。別管了。不要問個不停啦。

芭德莎貓步，芭德莎貓步。*Pas de Chat, Pas de Chat.*

尚日芒交換腳，尚日芒交換腳。*Changement, Changement.*

她滿懷信心，眞命天子一定會從海角乘雲而來。本地的男生具有一種特質：*Je ne sais quoi*，一種**說也說不清楚的感覺**，賣弄了一句法文，而那種特質呢，老實說，她不是非常喜歡。例如：男生居然給自己的蛋蛋取名字耶。還不小心被她聽到！而且，本地的男生有個志願，就是去郡電力局上班，因爲電力局的制服很拉風，而且不用花錢買。

所以囉，不考慮本地的男生。尤其不考慮麥特．德雷。他是地球第一大嘴的主人。昨晚球賽前的加油會上跟他喇舌，簡直像在吻地下道。恐怖！親麥特的感覺，就像遇到一頭穿毛衣的母牛，對著自己衝過來，而且這條牛被人拒絕還不認命，整顆大牛頭被化學藥物泡得七葷八素，淹沒麥特原本就少得可憐的理智。

她嚮往主宰自我。掌握自己的身體，自己的心智。自己的思想，自己的職業，自己的前途。

她嚮往的就是這個。

就這樣吧。

吃個輕薄短小的點心。

法式輕簡餐。*Un petit repas.*

＊譯註：fawn是幼鹿，作者以這字來表示艾莉森常誤用超齡詞彙。

艾莉森特不特別？她會不會自認特別？哎喲，人家怎曉得。自古至今，比她更特別的人多的是。海倫．凱勒有夠厲害的；德蕾莎修女也好亮眼；羅斯福夫人雖然老公是殘障人士，個性卻滿開朗的。而且她是女同志，一嘴大牙齒。那時代的人，根本不會把「同志」和「第一夫人」臆想在一起。艾莉森呢，她自覺無法跟這些女士在同一項目一較高下。起碼還不是時候啦！

天下好多事她還不懂呢！例如怎麼換機油。她連機油怎麼檢查都不會。引擎蓋怎麼打開？巧克力布朗尼怎麼做？最後這個，身爲女生的她不會，好丟臉喔。咦，什麼是房貸？是買房子附贈的東西嗎？哺乳的時候，是不是要用手去擠，奶水才會跑出來？

嗟嘆。那人是誰啊？從客廳窗戶向外看，見到一個單薄的身影，正在悅頌巷踽踽前行。凱爾．布特，舉世最蒼白的男孩？長這麼大，還穿那種離奇的越野賽跑運動服。

可憐的東西。他看起來像髮型前短後長的骷髏頭。那種越野短褲是《霹靂嬌娃》時代的古物吧？整個人一點肌肉也沒有，卻能跑得那麼快，怎麼可能？每天像這樣揹著背包，打赤膊，路過馮家時按遙控器開門，一步不延遲，直奔進他家車庫。

令人幾乎不得不仰慕這個小瓜呆。

艾莉森和他一同長大，溪邊有個共用的玩沙箱，兩人曾是和樂融融的一對小娃兒。聽大人說，兩人小不拉嘰的時候，還一起洗過澡咧。但願這段糗事永遠不被人以訛傳訛喲。因爲，以交友層次來說，凱爾的等級基本上跟菲弟．斯拉夫科差不多。菲弟走路時，上身嚴重後傾，老是摳著牙縫的殘餚，摳出之後，還以希臘文宣佈殘餚的名稱，然後吃掉。凱爾的爸媽什麼事也不肯讓他做。世界文化課如果有視聽教學，片子可能有土著露奶的畫面，他也一定要先打電話徵求爸媽同意。他的便當盒裡，每項食物都有明確標示。

芭德波瑞碎步。*Pas de bourrée.*

加個屈膝禮。

幾支起士條，少得可憐，被裝進守舊型保鮮盒的小格子裡當午餐。

謝了，媽媽；謝了，爸爸。你們的廚房讚。

她搖一搖保鮮盒，動作宛如淘金，想像窮人聚集而來，分給窮人吃。

請盡情享用。還有需要我效勞的地方嗎？各位儘管說。

妳放下身段，跟我們講話，就已經夠意思了，艾莉森。

才不是咧！你們難道不瞭解，所有人都應該受尊重？人人是一道彩虹。

呃，是嗎？看看我這副乾癟的臭皮囊，側腰上這個大傷口，看見沒？

我去幫你拿凡士林過來。

感激不盡。這種病要人命吶。

人人是彩虹？她倒是相信這概念。大家都很厲害。媽媽很棒，爸爸很棒，學校的老師們也很賣力，家裡也有小孩，有些老師甚至鬧離婚，卻照樣不辭辛勞帶學生，例如迪思老師。迪思老師特別令她欽佩的一點是，儘管老公偷情，小三是保齡球館的女經理，老師照樣把道德課上得有聲有色，不時問學生：善能不能戰勝惡？壞人可以不顧一切瞎搞，好人是不是永遠倒楣？最後這句，似乎是迪思老師在暗批保齡球館小三。不過，說真的，人生是歡樂或可怕？人性本善或本惡？一方面來說呢，在教學短片裡，一堆貧血瘦皮猴被壓垮，白白胖胖的德國女子卻袖手旁觀，猛嚼口香糖。另一方面呢，有時候農場蓋在小山上的鄉下人，熬夜做沙袋，幫低窪居民的忙。

老師叫大家表決，艾莉森一票投給人性本善、人生歡樂。她陳述個人觀點：做好事只需下定決心，只需勇敢，只需挺身維護正義。老師聽了，賞她憐憫的一瞥，聽到最後一句時，甚至發出怨嘆聲。我呢，無所謂啦。迪思老師的世界充滿痛苦。不過呢，有意思的是，老師顯然覺得人生有歡樂，覺得人性有善意，不然的話，她何苦熬夜改作業，隔天進教室，滿臉倦容，一大早摸黑起床，衣服穿顛倒，生活秩序大亂，讓人看了心疼。

有人在敲門。後門。這——可——有意思——了。會是誰呢？是對面的德米奇神父嗎？或是快遞UPS、飛遞？或是寄給老爸的一張小支票？

單腳對地畫圓圈的舞步。*Jeté, jeté, rond de jambe.*
芭德波瑞碎步。*Pas de bourrée.*

把門打開來，是——

門外站著一個她不認識的男人。體形高大，穿著停車計時員的背心。
她直覺認爲，最好退回屋裡，把門用力摔上。可是，這樣做好像不禮貌。
結果，她愣成木頭人，微笑著，做出挑眉的表情，意指：有什麼事嗎？

凱爾·布特衝進自家車庫大門，進入客廳，裡面有個像大時鐘的木頭裝置，指針指向「全家外出」。其他選項包括：「爸媽外出」、「媽外出」、「爸外出」、「凱爾外出」、「媽與凱爾外出」、「爸與凱爾外出」以及「全家都在」。
全家都在的時候，應該大家都知道吧，多這個選項不是畫蛇添足嗎？凱爾敢不敢問爸爸？爸在樓下有個安靜的木工室，棒得沒話說，這座「家人狀態指示鐘」就是他在木工室裡設計的。

哈。

哈哈。

一張任務通知，擺在廚房獨立流理臺上。

給童軍：新的水晶洞放在院子陽臺上，照圖擺進院子，不許亂來。先在院子找一塊地，耙一耙，照我教的方式放一張塑膠布，然後把晶洞玉石放進去。這顆水晶洞很貴。務必認真對待。沒理由無法在我回家前完成。本任務＝五個工作積分。

天啊，爸，把這任務丟給我，你眞的認爲公平嗎？我才跑完整套越野特訓，包括十六趟四百四十公里、八趟八百八十公里、一趟計時一公里、幾兆萬趟德雷克折返跑、一趟五公里的印第安接力，還要進院子做苦工到天黑，像話嗎？

脫鞋子，先生。

糟糕，來不及了。凱爾已經跑到電視前面，背後留下一道對他不利的小泥塊。大禁止。小泥塊能用手撿乾淨嗎？麻煩了。如果沿路回頭撿泥塊，保證會再留一道對他不利的小泥塊。

他脫掉鞋子，站在原地，腦海排演著一幕他所謂的「假想劇」。

假如爸媽這時回家，他如何應對？

爸，我告訴你，好好笑喔，我剛才沒經大腦，就衝進來了，然後才發現鞋子忘了脫！不過呢，現在一想，好在我反應快，趕緊自我糾正！我之所以沒經大腦就衝進來，是因爲我想儘快照爸的指示去辦正事！

他穿著襪子，奔向車庫，把鞋子扔進車庫，衝向吸塵器，吸走小泥塊，這時猛然發現，媽媽咪呀，剛剛把鞋子甩進車庫，沒有照規定放在鞋紙上，鞋尖沒有向外。鞋尖朝外，以利出門時穿著便利。

他步入車庫，把鞋子放上鞋紙擺好，然後走回屋內。

爸在他的腦海裡叮嚀，童軍，有人告訴過你嗎，即使是維持得最整潔的車庫，地上難免會有油污？現在油污黏在你的襪子底下，家裡那張來自北非柏柏族的淺褐色地毯被你踩得髒兮兮。

天啊，倒大楣了。

幸好耶。唱一段迪斯可名曲，**慶祝好時光，快來喲**。地毯上不見油污。

他剝掉襪子。可是大客廳裡嚴禁赤腳，絕無例外。如果爸媽回家，發現他一副人猿泰山的模樣，活像沒水準的死白佬，保證他媽的——

在腦子裡罵髒話？爸在他腦子裡說。喂，童軍，多一點男子漢氣概，行不行？想罵髒話，就罵出聲來。

我不想罵髒話。

那就別在腦子裡罵。

他有時候會在腦子裡罵髒話，假如爸媽聽得見，肯定會憂愁到心痛。髒話的一例是：屎屄、屁賽、屌戳耳洞、屁眼爆精。爲什麼髒話罵不停？爸媽對他的期望那麼高，每星期發電郵，向爺爺奶奶、外公外婆吹噓說，凱爾最近超忙，雖然才高二，要勤練校際越野賽，又不能影響到成績，每天還得抽空製作一些了不起的東西，例如這種喇屄、開後庭花的——

到底是哪根筋斷了？爸媽對他這麼照顧，爲什麼不懂得感恩，還敢——

耳屄成屎穴。

用懶趴膝操爆頹萎屁蛋。

想趕走邪念，可以用力捏一捏幾乎沒贅肉的救生圈。

好痛。

對了，今天是星期二，是「大好康」日。擺置水晶洞可多賺五個任務積分，加上先前的兩個任務積分，總共有七個任務積分，如果加算八個平常家事積分，就能累積成十五個好康總分，能換到一個大好康（例如兩把優格口味的葡萄乾），外加二十分鐘的自選電視節目，條件是在開電視兌獎之前，必須先和爸爸商量自選的節目。

童軍聽好，最不准你看的節目就是《全美最直言的越野機車手》。

隨便啦。

隨便啦，爸。

隨便啦，眞的嗎，童軍？再講這種話試試看，我會取消你所有的好康積分，逼你退出越野賽跑。我威脅過多少次了。再不表現一點欣然遵從的態度，我說到做到。

不要，不要，不要，不要。我不想退出，爸。求求你。我很厲害的。不信你等著看我正式上場比賽。連麥特・德雷都說——

誰是麥特・德雷？美式足球隊的那隻猩猩嗎？

對。

他說的話全是定律嗎？

不是。

他說什麼？

臭小鬼還眞能跑。

措辭很文雅嘛，童軍。猩猩文。反正你可能連資格賽都過不了關。你的自大好像氾濫出溪岸囉。憑什麼呢？就憑你能跑？跑跑步而已，誰辦不到？荒郊的野獸也能跑。

我不退就是不退！肛屌、屎鳥、直腸薯條！拜託嘛，求求你，我只有這個項目還可以！媽，如果爸逼我退出，我對上帝發誓，我一定——

小題大做不適合你，我摯愛的獨子。

童軍聽好，參加團體運動競賽是一種特權，如果你想要這種特權，先表現一下讓我們看看，我們為了你好，設計了一套合情合理的指令體系，看你是否能過著符合這種要求的生活。

有人來了。

一輛廂型車剛駛進聖米克海爾教堂的停車場。

凱爾走進廚房，態度節制而紳士，步向流理臺，上面是凱爾的交通紀錄簿。父親主張德米奇神父應該興建一道隔音擋土牆，這本紀錄簿可支持父親的論點。此外，凱爾有意參加科學展，父親將題目取名為「一周七日之教堂停車場噪音量，附帶探討全年週日之音量」，凱爾靠這本紀錄簿蒐集資料。

凱爾和顏悅色地微笑，填寫紀錄簿，以非常清晰可讀的筆跡寫下：

車輛：廂型車。

顏色：灰。

廠牌：雪福萊。

年份：不詳。

有人下車了。是尋常的一個魯斯基佬。爸媽允許他用「魯斯基佬」這俚語來稱呼俄國人。「機車」也准。「他奶奶的」也可以。「賭爛」也行。魯斯基佬穿著牛仔布夾克，裡面是一件連帽衫。以凱爾的經驗而言，俄國佬以這種打扮上教堂並非不尋常。有些俄國佬在連鎖修車行Jiffy Lube上班，直接過來做禮拜，一身連身工作服也不換。

在「駕駛」一欄下，他註明：可能是教區信徒。

爛爆了。呃，應該說「遜」。就因爲這人是陌生人，凱爾不得不待在家裡，等到對方離開這一帶，他才可出門。害他的水晶洞任務搞砸了。害他三更半夜還在院子裡執行任務。這人是害蟲一條！

這人穿上螢光背心。啊，原來這傢伙是停車計時員。

計時員左看看、右看看，從小溪對岸跳過來，進入波普家的後院，經過足球反彈練習板和休閒游泳池，然後敲敲波普家的門。

俄國佬，跳溪的姿勢不錯喔。

門開了。

艾莉森。

凱爾的心歡唱著。一直以來，他以爲這只是比喻的說法。艾莉森就像一枚國寶。翻開字典查「美女」一詞，就可以看到她穿的那件褲裙的插圖。可惜的是，最近她好像不太喜歡凱爾。

這時候，艾莉森走過她家的後院平臺，因爲計時員指著東西叫她看。是屋頂的電線出毛病吧？計時員似乎急著叫她看，急到握住她的手腕。而且他們好像在拉扯。

怪事。太奇怪了吧。這一帶從來沒發生過怪事，所以，應該不要緊。這男人八成是新來的計時員吧？

不知爲何，凱爾好想出門踏上後院平臺。他走出去。男人愣住了。艾莉森的眼睛像驚慌的馬眼。男人清一清喉嚨，微微轉身，讓凱爾看一個東西。

一把刀。

計時員帶刀上班。

男人說著，照我的話乖乖去做，站在那裡別動，等我們離開。敢動一下下，別怪我一刀戳進她心臟。我對天發誓我會這麼做。懂了沒？

凱爾的口水乾涸了，只能以唇形做出平常講「是的」的動作。

現在，計時員押著艾莉森走過院子。她撲倒在地，男人攙扶她站起來。艾莉森的爸爸爲她把院子整理得安全完美，如今她卻像個碎布娃娃似地東倒西歪，這幅景象多奇怪。她又倒下去。

男人咬牙對她講一句話，她站起來，忽然變得溫馴。

凱爾平時遵循大大小小的指令，繁不勝數，現在不知違反了多少條，他的胸口覺得很悶。他赤腳站在平臺上，打赤膊站在平臺上，附近出現陌生人，他不但出家門，而且還和陌生人交流。

上星期，尚恩·勃爾戴一頂假髮去學校，想傳神模仿貝芙·彌倫緊張嚼頭髮的模樣。凱爾見了，一時考慮出手干預。同一天晚上，在家庭會議裡，媽說，她認爲凱爾決定不干預是明智的抉擇。爸說，不干你的閒事少管爲妙，不然你有可能會挨一頓毒打。媽說，想想看，摯愛的獨子，我們爲了栽培你，投資了多少資源。爸說，我曉得，我們有時候顯得很嚴格，不過，你眞的是我們的一切。

艾莉森被押到足球反彈板了，一手被拗向背後，重複發著低音拒絕著，好像她正發明一種聲音，想適切傳達她頓悟大事不妙的心情。

凱爾只是個小孩子，無計可施。每當他屈從於父母的指令時，胸口總有一股壓力獲釋的舒坦感，這時就有這種感覺。水晶洞放在他的腳邊，他應該一直看著這顆晶洞玉石，直到這兩人走掉爲止。這顆晶洞玉石很不錯。也許是至今最棒的一顆。水晶的切口在陽光下晶瑩閃爍，擺在院子裡很有看頭。但要先擺進院子，才有看頭。等這兩人走開再說吧。即使歷經這番波折，他仍記得在院子擺置水晶洞，爸知道後一定會讚賞他。

這才像話嘛，童軍。

我們很欣慰，摯愛的獨子。

表現很不錯，童軍。

天啊，不會吧。成功了。原本就看準她會乖乖照劇本演出，現在果然成功了。自從那天參加某某人的施洗禮之後，遠遠看見她，從此念念不忘。某某人是瑟吉的小孩吧。在那間俄國教堂。當時她站在自家的院子裡，爸爸或是什麼人的，正在替她拍照。

看見她，他不禁說，嘩，正妹。

肯尼說，太嫩了吧，老兄。

他說，配你是太嫩了，老公公。

綜觀文化史的時候，你會把自己的時代視爲迂腐的一代。自古以來，男婚女嫁不成文的理由多的是。在《聖經》的年代，國王御駕經田野，也許會說：就是那一個。被欽點的姑娘會被帶去晉見，然後依禮訂親。如果爲國王添丁，太好了，張燈結綵吧，朕留她。洞房之夜，姑娘喜不喜歡？八成不喜歡。會不會怕得花枝亂顫呢？不重要。重要的是生兒延續煙火。何況，國王如果大樂，更能顯得皇威凜凜。

來到小溪邊。

他押著她涉水而過。

決策佈局裡接下來的待辦事項：押至廂型車側門、推上車、跟著上車、以膠布封口纏住手腕、勾在鐵鏈上、發表演說。他把演講稿背得滾瓜爛熟。在腦海排演過，也對著錄音機練習：沉心吧，達令，**我知道妳怕我是因爲對我還不熟，因爲妳今天沒料到會出這種事。只要給我一個機會，妳就能明白，我們將來是美滿的一對。妳看，我把刀子放在這裡，應該用不著，對不對？**

如果她不肯上車，用力給她肚子一拳，然後抱她到車子的側門，丟她上車，黏住雙手和嘴巴，勾在鐵鏈上，發表演說之類的。

停，站住，他說。

小妞停下來。

幹。車子的側門鎖著。做事太沒條理了吧。前置作業的事項明明寫著確保車門不上鎖。腦海浮現梅文的臉。梅文一臉強烈失望的表情，而他出現這種表情之後，免不了挨一頓揍，接著必定發生另外那件事。雙手舉起來，梅文說。自我防禦。

有道理，有道理。是有個小失誤，沒錯。前置作業的事項應該再三檢查才對。

沒啥大不了的。

歡歡喜喜的，不要怕。

梅文十五年前死了，媽是十二年前。

小賤人現在轉身了，看著她家。不許她任性。這種態度要及早矯正。應該提醒自己，儘早傷害她，以建立威信。

媽的，轉回來，他說。

她轉身回來。

他解開車門鎖，把門向外拉開。關鍵時刻到了。如果她上車，乖乖被膠布貼住，一切就好辦事。他事先去沙克特鎮探勘，選好了地點，好大一片玉米田，只有一條土路可通。如果這炮幹得好，他會從土路開上公路，直接把這輛車據為己有。廂型車是肯尼的，借他用一天。去他的肯尼。肯尼有一次罵他笨蛋。算你倒楣，肯尼，罵那一句，丟一輛車。如果這炮幹得不好，性致沒有被她好好撩起，他會中斷活動，解決當事人，將礙事的東西扔下車，視情況清掃車內，去買玉米，把廂型車交還給肯尼，說，喂，老弟，我買了一大坨玉米，謝謝你借車。開我那輛的話，絕對載不動。事後，避風頭一陣子，留心報紙上的動態，就像他對付那個撩不起性致的紅髮妞——

這妞露出一副懇求的表情，像在說，求求你，不要。

是時候了嗎？趁現在捶她肚子，打得她直不起腰？

是時候了。

動手。

……

這顆水晶洞好美。好漂亮的一顆水晶洞。怎麼會這麼漂亮呢？美麗的水晶洞具備哪些基本特質？動動腦筋啊。快專心想一想。

假以時日，她會復原的，摯愛的獨子。

不干我們家的事，童軍。

你的判斷力令我們激賞，摯愛的獨子。

他隱隱約約留意到，艾莉森挨了一拳。他的視線固定在水晶洞上，聽見悶悶一聲「嗚」。

怎能任憑這種事發生？他一想到這裡，心往下沉。幼年時，兩人常拿小金魚餅乾當貨幣玩，常用石頭造橋。在小溪畔。在小時候。天啊。剛才不應該踏出家門的。等他們一走，他會轉身進門，假裝一步也沒走出來，在家中拼湊模型鐵路小鎮，爸媽回家時仍玩個不停。最後被人問到這事，怎麼辦？

擺一個表情不就好了？事後裝蒜的表情是什麼？有了！蛤？艾莉森？被強暴？被殺了？天啊。在我盤腿坐在地上、懵懂地拼湊鐵路小鎮時，她被姦殺了——

不。不行，不行，不行。他們很快就會走。等他們走了才進屋內。打電話報警。不過，事後才報警，會被人指責見死不救。以後會難過一輩子，永遠被貼上見死不救的標籤。何況，報警也無濟於事。兩人早就不見了。高速公路就在費瑟石東街的另一邊，從那裡延伸出去的馬路有一百萬條，像動脈又像四葉苜蓿。就這麼辦吧。等他們一走，趕快進門。走，走，快走啊，他心想著，你們走後，我進門，當作沒發生過——

這時，他拔腿開跑。奔過草坪。天啊！怎麼做這種事？怎麼做這種事？糟糕，可惡，違反太多指令了！在院子裡奔跑（對泥土不好）；在缺乏護套的情形下搬運水晶洞；翻圍牆，壓壞了造價高昂的圍牆；離開院子；赤腳離開院子；不經允許，進入二級區域；赤腳入小溪（會踩到傷身的微生物和碎玻璃）。違反的項目還不只這些。心暈陶陶的，打著什麼鬼點子？天啊，他霎然意識到了。他想違反的是一條顛撲不破的指令。這指令重大到根本不算是指令，因爲這種事不需指令，自己就應該知道方寸，萬萬禁止去——

凱爾衝出小溪，壞人依舊不轉身。凱爾放手，讓晶洞玉石飛向他的頭。頭皮還來不及塌陷，壞人尚未腿軟坐下去，石頭似乎撞擊出一種血水滲漏的怪聲音。

耶！得分！太好玩了！打倒成年人眞好玩！運用這雙人類史上前所未有、快如瞪羚的迅雷飛毛腿，靜音穿越時空，適時力擒這隻大呆瓜，以免他——

假如束手旁觀呢？

天啊，如果見死不救，後果會怎樣？

凱爾想像壞人逼迫艾莉森折腰，折成一個淺色的衣物送洗袋，扯著她秀髮，粗魯地衝撞，凱爾自己則縮頭乖乖坐著，像嬰兒似的笨手握著細小的鐵路高架橋——

天啊！他跳過去，把晶洞玉石拋向廂型車，擋風玻璃應聲塌陷，碎玻璃如雨掉進車內，宛如數千個竹板小風鈴齊鳴。

他急忙爬上引擎蓋，撿回水晶洞。

不會吧？不會吧？你眞打算毀掉她一生，毀掉我一生嗎？你這個專戳屄、嚼屌、摳肛的野獸。現在誰是老大？你這個破肛、舔精、嚼屌的——

活到這麼大，頭一次感覺如此堅強／憤怒／狂放。威風的人是誰？你該喊誰老爹？接下來該怎麼辦？確定這頭野獸不會再害人？怪咖，你竟然還能動？你這個自摸仙，打什麼歪主意？已經頭破血流的你還想在頭上加開一個血洞嗎，大個子？你以爲我不敢？你以爲我——

放輕鬆，童軍，你情緒失控了。

別急，慢慢來，摯愛的獨子。

閉嘴。我是我自己的主子。

幹！

搞什麼？怎麼會坐在地上？被絆倒了嗎？還是被人暗算？被樹枝掉下來砸中了？該死。他摸摸頭，伸手回來，見血。

瘦竹竿小子正在彎腰。撿東西。一顆石頭。那小孩怎麼從門廊溜掉了？刀子哪裡去了？

小妞哪裡去了？

她正學螃蟹，爬向小溪。

飛奔過她家院子。

她衝回家裡。

幹，整件事搞砸了。最好快溜吧。怎麼溜？靠這張帥臉嗎？他身上差不多只有八塊錢。

啊，糟糕！臭小子把擋風玻璃砸碎了！用那塊石頭！肯尼肯定會氣炸。

他想站卻站不起來。血嘩嘩直流。他不準備再吃牢飯。絕對不要。割腕解脫吧。刀子哪裡去了？

一刀刺進胸部吧。自我了斷才高尚。死後才可留名。這群狐群狗黨裡面，誰有膽切胸自殺？

沒有人。

一個也沒有。

快呀，膽小鬼。動手。

不對。君王不會自我了斷。王者默默承受暴民的無端責難，靜候東山再起的契機，重新再戰。何況，他不知那把刀子在哪裡。算了，用不著。爬進樹林，赤手空拳打死什麼動物來果腹吧。不然，綁草做個陷阱也行。嘔。想吐嗎？對，吐出來了。吐在自己大腿上。

連最簡單的事也被你搞砸，我就知道，梅文說。

梅文，天啊，我的頭流血這麼嚴重，你瞎了眼睛嗎？

被小孩打的。你太不像話了。被小孩玩垮了。

糟糕，警車聲。死定了。

哼，今天算警察倒楣。他會跟警察進行肉搏戰。他將冷眼等警察靠近，以念力集中畢生的元氣，埋伏到最後一刻，賦予雙手致命的拳力。

坐著思考自己的拳頭，把它們想像成花崗巨岩。它們是兩條比特犬。他想站起來。不知爲什麼，雙腿罷工。希望警察趕快來。頭眞的好痛。伸手去碰一碰，摸到鬆脫的東西。簡直像戴著一頂血帽。免不了要縫幾十針。希望縫的時候不會太痛。八成會吧。

瘦竹竿小子哪裡去了？

有了，在這裡。

小孩高高站在身旁，擋住太陽，高舉著石頭，嚷著什麼東西，聽不清楚，因爲耳膜嗡嗡響。

這時候，他看見小孩即將砸下石頭。他閉眼等待，心裡一點也不安寧，開始覺得一股難受的恐懼感湧進胸腔。如果恐懼感以這種速度成長下去，他頓時領悟到，他即將前去的國度有個名稱，叫做地獄。

艾莉森站在廚房窗前。她尿溼了。不要緊。人難免會這樣，都有超怕的時候。剛才打電話時，她就注意到了。她的手抖得好厲害。現在還在抖。一條腿像《小鹿斑比》裡的那隻小白兔跺著腳。天啊，壞人剛剛對她說那種話。捶她。捏她。她手臂被捏出一大片烏青。凱爾怎麼還站在那裡？他確實是站在那裡，穿著那件滑稽的短褲，好有自信，正在搞笑，手舉得高高的，像異次元時空來的拳擊手。在他那個逗趣的時空裡，這種瘦皮猴眞的能擊倒持刀漢。

咦。

他並沒有握拳。他其實握著剛剛那塊石頭，對著跪在地上的壞人吼叫。歷史老師播放過一支教學影片，裡面有個俘虜被矇住眼睛，即將被戴頭盔的軍警砍死。這壞人跟他的姿勢一樣。

凱爾，不要，她低聲說。

事後幾個月，她惡夢連連，夢見凱爾拿著石頭向下砸，她則站在平臺上，想驚叫他的名字，卻喊不出聲音。石頭砸下去。接著，壞人的頭不見了。被這麼一砸，整顆頭等於是蒸發了。然後，壞人倒下去，凱爾轉向她，滿臉的神情令人心碎，像在說，我完蛋了。我殺了一個人。

她有時候納悶，做夢時，爲何連最簡單的事情都做不出來？比方說，夢見一隻小狗狗站在玻璃碎片上哭，想抱牠起來，想替牠清掉腳底的碎玻璃，卻發現自己頭上頂著一顆球，無法動彈。比方說，夢見自己在開車，看見有個老頭拄著拐杖走著，因此轉頭問駕訓班的費德老師，要不要轉彎繞過他？老師說，呃，大概吧。這時聽見砰的一聲巨響，老師在簿子上打叉叉。

有時候，她夢見凱爾，驚醒時哭喊不停。最後一次，爸媽已經坐在床前，說著，事情的經過不是那樣。記得吧，艾兒？事情是怎麼發生的？說啊，說出來。艾兒，眞正的經過，講給把拔和馬麻聽，好不好？

艾莉森說，我跑到外面。我大叫。

沒錯，爸說。妳大叫著。叫聲好嘹亮。

凱爾呢？他做了什麼事？媽說。

砸下石頭，她說。

你們兩個小孩碰到一件壞事，爸說。幸好，情況沒有變得更糟。

不至於無法挽回，媽說。

不過，多虧你們這些小孩，爸說，才沒有變得更糟。

妳的表現好棒，媽說。

可圈可點，爸說。

圖騰

每年感恩節之夜，爸會拖著一套耶誕老人裝，我們全跟在他後面，走到路上，看著他把衣服掛在院子裡的一座近似十字架的東西上。十字架是他用金屬桿製成的。美式足球超級盃決戰的那星期，他會爲十字桿穿上球衣，戴上羅德的頭盔，如果羅德想摘下頭盔，必須先徵求爸爸的同意。每逢國慶日，十字桿被打扮成山姆大叔，在陣亡將士紀念日扮成軍人，在萬聖節扮成幽靈。平日不常歡慶的他以這座十字桿發洩喜氣。我們玩蠟筆的時候，他只准我們一次拿一支出來畫。耶誕節前夕，小金浪費一片蘋果，挨他一頓大罵。每當我們倒番茄醬時，他會徘徊不去，頻頻說著，夠多了夠多了。慶生會只吃得到小杯子蛋糕，沒有冰淇淋。我第一次帶女友回家，她問，你爸幹嘛立那支桿子？坐著的我只有直眨眼的份。

我們長大離家後，結婚成家，生養自己的小孩，發現小心眼的種籽也在我們心中滋生。爸開始以更複雜的花樣裝扮十字桿，旁人愈來愈難看出他的邏輯。在土撥鼠日，他掛上一張不知名的皮毛，還搬出一盞泛光燈投射，就怕沒影子可看。強震侵襲智利後，他把十字桿平放，拿著噴漆罐，在土地上畫出一道裂縫。媽死了，他將十字桿打扮成死神，在橫桿下面掛著媽的幾張嬰兒照。有時候，我們過來探望他，會發現千奇百怪的東西擺在十字桿底部的周圍，有陸軍勳章、戲院門票、舊運動衫、一些媽媽用的化妝品。有一年秋天，十字桿被他塗成鮮黃色。同年冬天，他把棉花黏在十字桿上，免得它著涼。另外，他也用小棍子製作六座十字架，錘進院子裡，充當它的子嗣，還在大小十字架之間牽線，在線上貼著道歉函、認錯信、懇求諒解的語句，全以慌亂的筆跡寫在索引卡上。他畫了一個標語，上面寫著愛，掛上十字桿，另外也畫一個原諒吧？不久他死在玄關裡，收音機沒關，之後我們把房子賣給一對小夫妻，十字桿被他們拔掉，放在路邊等垃圾車來收走。

幼犬

秋陽照耀著完美的玉米田，這畫面美不勝收，瑪麗已經對兒女指著玉米田兩次了，因爲秋陽普照完美的玉米田這畫面令她聯想起鬼屋——並非她親眼見過的一幢，而是偶爾浮現腦海的假想鬼屋（緊鄰墓園，圍牆上有一隻貓）。每次見到美不勝收的秋陽普照完美的……，就聯想到鬼屋。她再三問，想確定，當兒女看見美不勝收的秋陽普照……，他們心中是不是也有一棟類似的假想鬼屋，如果這時他們腦海也浮現假想鬼屋，母子就能一同體驗這份感受，像朋友一樣，像大學好友一起開車去旅行——獨缺大麻助興喔，哈哈！

可惜不然。當她第三度說：「嘩，小朋友，快看看那邊。」這時艾比說：「知道了啦，媽，我們知道是玉米啦。」喬許說：「現在沒空，媽，我正在『讓麵粉發酵』。」她認爲，也好；她不反對兒子玩電玩遊戲「貴族麵包師」。兒子吵著要的遊戲是「罩杯塡塡看」，她覺得「貴族麵包師」比較合適。

唉，誰知道呢？也許兒子和女兒的腦海裡，連一個假想畫面也沒有。也許他們腦裡的假想畫面和她的完全不一樣。妙就妙在這一點，畢竟兒童是獨立的個體！媽媽只是照顧他們的人。小孩不必照著媽媽的心意去感受，大人只需從旁支持他們的感受。

話雖這麼說，嘩，那片玉米田美得好經典喔。

「每次我看見那樣的玉米田，小朋友。」她說：「不知道爲什麼，我會想到鬼屋喲！」

「『麵包刀』！『麵包刀』！」喬許叫著。「笨機器一臺嘛！人家明明點選『麵包刀』！」

話說去年萬聖節，她推著購物車，車上的一束玉米梗太重，壓得購物車倒向一邊，哇，母子笑得多開心！全家齊聲歡笑是千金難買的回憶；她在童年從未體驗過這種事，因爲爸生性陰鬱，媽很害羞。假使爸媽的購物車倒了，爸會氣得踹購物車，媽會刻意大步走開，去補一補唇膏，保持她和爸的距離，而小瑪麗則繃緊神經，把她取名爲布雷迪的爛塑膠兵含進嘴裡。

這一家子呢，主張歡笑多多益善！昨晚喬許拿著任天堂戳她屁股，害她手裡的牙膏朝著鏡子激射出一大條，大家笑成一團，在地上跟咕奇滾來滾去，喬許以懷舊的語氣說：「媽，記得咕奇還是小狗狗的時候嗎？」艾比聽了哇哇哭起來，因爲她才五歲，不記得咕奇還是小狗狗的模樣。

所以這才進行了此趟家庭任務。丈夫羅伯特怎麼說呢？羅伯特呀，願上帝保祐他！好男人一個。他如果知道此行的目的，也不會有任何意見的。每次瑪麗出其不意帶新寵物回家，他見了會喊一聲：「吼厚！」口氣令瑪麗甜在心底。

有天羅伯特回家，發現鬣蜥，他說：「吼厚！」有天他回家，發現雪貂正想鑽進鬣蜥的籠子，他也說：「吼厚！」接著說：「好像在開小動物園嘛，一家是快快樂樂的園主！」

她愛羅伯特這調皮的心——假如刷卡牽一隻河馬回家（雪貂和鬣蜥都是刷卡買的），他只會說：「吼厚！」問問河馬吃什麼、幾點睡覺、怎麼替這頭小混蛋取名。

後座的喬許發出「唧唧唧」聲。這是麵包師進入「烘焙狀態」的音效。他一邊把麵團放進烤箱，一邊忙著擊退「飢民」，其中一隻是大胃袋的狐狸。另一隻是快餓慌的知更鳥，叼著「砸頭石」，如果石頭命中麵包師，鳥嘴會戳起麵包，誇張地帶走戰利品。今年夏天，瑪麗趁喬許睡覺，熟讀「貴族麵包師」的使用說明，才搞懂這些規則。

這種遊戲有作用喔，是真的有效。最近喬許比較不自閉了。現在，喬許在玩遊戲時，她會偷偷走向背後，說著，「嗶，蜜糖，你居然會做裸麥酸麵包耶。」或「甜心，試試看『波紋刀』，切起來比較快。在『閂窗』的時候試試看。」這時他會伸出不忙的一手，溫馨地向後舒展，拍打她一下。昨天，他不慎打掉媽媽的眼鏡，母子笑得前仰後合。

老媽如果想嫌她慣壞小孩，儘管來嫌啊。這兩個哪像被寵壞的小孩？這兩個是備受關愛的兒童。至少她從沒對小孩做過以下的事。初中參加一場舞會，散會後在暴風雪裡傻傻站兩小時，苦等不到媽媽。她也從未醉醺醺罵小孩：「你不太像是唸大學的料子啦。」至少她不曾把小孩鎖進衣櫃（衣櫃

耶！），自己在起居室招待一個如假包換的掘溝工人。＊

天啊，這世界多麼美好！斑斕的秋葉，閃亮的河面，鉛色的那朵雲形成渾圓的箭頭，向下指著麥當勞。這間麥當勞正在重新整修，矗立於I-90公路旁，宛如城堡。

這一次的情形不同以往，她深信。兩個孩子這次會好好親手照顧這隻寵物，因爲小狗狗沒有渾身鱗片，也不會亂咬人。（「吼厚！」羅伯特被鬣蜥咬第一次時說，「看來，你對此事自有主見！」）

主啊，感謝祢，她默默想著，駕駛著凌志汽車飛越玉米田。祢恩賜給我的東西好多；祢給我難關，也給我克服難關的力量；祢給我恩典，也讓我天天有機會傳播恩典。她忍不住在心中引吭。有時候，當她覺得人間美好、終於在世上找到容身之地時，她總會高歌著，「吼厚，吼厚！」

卡麗掀開窗簾。

很好。太棒了。情況依然好，解決的服服貼貼。

後院可讓小孩忙的事情很多。孩子在院子裡自有一片天地。以她童年來說，她家院子就是一片天地。老家木板圍牆上有三個小洞，她看得見艾克森加油站（一號洞），看得見常出車禍的路口（二號洞）。至於三號洞，得要你瞇著眼把前兩個洞排得恰恰好去看才看得到，而你眼珠會莫名其妙變成鬥雞眼，你可以假裝說，我的天啊，我飄飄欲仙了，邊說邊蹣跚走開，繼續鬥雞眼，模仿大痲仙說著恍神問候語。

等小波再大幾歲，情況會不一樣的。大幾歲，他會追求自由。不過現在，只要保住他的命就足夠了。有一次，他溜得好遠，跑去聖約街。這裡和聖約街之間有一條I-90公路。他是怎麼過高速公路的？卡麗知道。用衝的。他過街的方式就是衝鋒。有一次，有個陌生人從鬧區廣場打電話告訴過他們。甚至布萊爾醫生也說：「卡麗，妳再不好好管這男孩，他遲早會送命啊。他有沒有定時服藥？」

呃，有，也沒有。吃藥會讓他猛磨牙，冷不防會握拳捶桌子，擊碎過幾個盤子，有一次甚至敲破玻璃桌面，手腕縫四針。

今天他不必吃藥，因爲他在院子裡很安全，因爲她把事情解決的服服貼貼。

他在院子裡，拿著他那頂洋基隊的頭盔，裝滿小石頭，對著樹幹練投球。

他抬頭看見她，做出獻飛吻的手勢。

好貼心的小孩。

現在，她只需擔心這隻小狗。有位女士來過電話，卡麗希望她眞的會上門。這隻小狗很不錯。白毛，一眼有褐色的眼圈。可愛。來電的女士肯定一見就要。如果她肯買，吉米就解脫了。上次那窩小

＊譯註：ditchdigger已絕跡數十年，母親能找到這種男人，表示她下流到不能再下流。

貓，他做得心不甘情不願。如果沒人肯買這隻小狗，他不動手不行。因爲他認爲說，大人如果講話不算話，小孩長大以後會嗑藥。何況，他生長在農場上，嚴格說來是住在農場附近，而任何在農場長大的人都知道，牲口病重了，或者佔地方，該動手的時候就該動手。這隻小狗沒病，只是佔地方。

那次對那窩小貓動手，碧安娜和潔西罵爸爸是兇手，小波情緒好激動，爸爸吉米對他們吼叫：「喂，孩子們，我是在農場長大的人，農場人該動手的時候非動手不可！」後來，他在床上哭著說，袋子裝著小貓，他提著走向池塘，小貓一路喵喵叫不停。他說他但願自己不是農場長大的人，卡麗差點說：「農場附近才對吧。」（吉米的爸爸在寇特倫附近經營洗車店），但有時她太愛耍嘴皮子，吉米和她在臥房裡跳華爾茲時，她的手臂會挨吉米用力一捏。吉米似乎把捏她的地方當成是把手，對她說：「妳剛說的東西，我好像沒有完全聽到。」

因此，經過小貓事件之後，她只說：「唉，老公，你只是做了非做不可的事。」

他聽了以後說：「我想也是，不過，想好好栽培小孩長大，可不簡單啊。」

後來，由於她沒有耍嘴皮子消遣他，兩人躺著規畫將來，例如，乾脆賣掉這裡，搬去亞歷桑納州，頂下一間洗車店；乾脆買《狂愛音標》給小孩；乾脆種種番茄。然後兩人開始玩摔角，（她不明白爲何記得這事）吉米抱緊她，湊著她的頭髮爆笑兼苦哼，像打噴嚏，又像他差點哭出來。

他以那種動作信賴她，令她覺得自己很特別。

今晚呢，她的心願是什麼？她想把小狗賣掉，提早哄小孩上床，吉米知道她把小狗的事情處理妥當，兩人可以親熱一下，事後躺著規畫將來，他可以再湊著她的頭髮哼鼻笑。爲何哼鼻笑對她這麼重要？她一丁點概念也沒有。這只是可稱爲奇人奇事代表的她其中一個怪癖，哈哈哈。

院子裡的小波跳一下，站起來，忽然充滿好奇，因爲……我看看……來電的那位女生正要停車？對，而且開的是高級車。卡麗在廣告詞上用了「便宜」這個字，現在後悔莫及。

艾比用海豚音說：「我好愛牠，媽咪，我要！」幼犬茫茫從鞋盒裡抬頭望，女主人拖著沉重的步伐走開，從地毯上拾起一、二、三、四顆**狗糞**。

不得了，這一趟戶外教學太勁爆了，瑪麗心想，哈哈（髒亂的環境，霉味撲鼻，沒水的水族箱裡有一大本百科全書，義大利麵鍋擺在書架上，一隻充氣式糖果拐杖不知爲何從裡面探出頭）。雖然有些人見了，或許感到噁心（**廚房餐桌**上有個備胎；在屋內拉屎的那條狗媽媽正岔開後腿，角落的地上有一疊衣物，母狗屁股對準衣服坐下去，用前腳拖著身體爬，屁股猛擦衣服，一副樂乎乎的傻樣），瑪麗忍住一股想洗手的衝動，才沒衝向洗手臺，部份原因是洗手臺裡有一顆**籃球**。她發現，她對這種環境的感想只有一個，就是深切的悲哀。

拜託不要亂摸任何東西，什麼也不許碰，她對喬許和艾比說，但只說在心裡，因爲她想讓子女觀察到她民主、包容的胸襟。事後，她可以帶小孩去整修中的麥當勞洗手，只求小孩現在不要把手放進嘴裡，揉眼睛更是千萬不可以。

電話鈴響，女主人的大腳啪啪作響走進廚房，被紙巾裹得整整齊齊的狗屎擺在流理臺上。

「媽咪，我要牠。」艾比說。

「我絕對會每天牽他去散步，像，一天兩次。」喬許說。

「不要說『像』。」瑪麗說。

「我絕對會每天牽他去散步兩次。」喬許說。

好吧，沒關係，收養低級白人家的小狗，無所謂吧。哈哈。可以取名爲積克，買一頂草帽、一支玉米形狀的玩具管子送牠咬。她想像這條小狗在地毯上拉屎，抬頭望著她，像是在說，沒辦法。無所謂。她自己的出身不也有瑕疵？萬物無一不能轉變。她想像這條小狗長大，招待友人，以英國腔說：「敝人的家世，呃，並非相當——怎講呢——極受尊重……」

哈哈，嘩，人腦眞奇妙，總能編造出這些——

瑪麗走向窗口，基於人類學的衝動，拉開窗簾，被窗外的景象震驚，震驚到不由自主放下窗簾，猛搖頭，彷彿想搖醒自己。令她震驚的是院子裡有個小男孩，只比喬許小幾歲，被鏈條束縛在樹下，連接著某種小玩意——她再次拉開窗簾，以確定自己剛才看走眼——

小男孩跑時，鏈條被拉長。他正在跑，回頭望著她，表演給她看。鏈條撐直時，他被扯一下，像中彈一般倒地。

他爬起來坐著，猛扯鏈條，左右甩著鏈條，然後爬向一碗水，舉至嘴邊喝一口：**拿狗碗喝水**。

喬許走來窗前。

她讓兒子看。

兒子應體認，這世界並非全是功課、**蠶蜥**、任天堂。人間也有這種渾身泥濘、頭腦簡單、像牲畜一樣被拴住的男孩。

她記得那年，她從櫃子裡走出來，發現母親的性感內衣亂扔在地上，掘溝工人的金屬小橙旗也掉滿地。她記得，初中的舞會散場後，她面對酷寒的雪地，看著雪愈下愈大，自己從一數到兩百，每次承諾自己數到兩百時，一定不顧路途遙遠，冒雪走回家——

天啊，童年的她多希望碰到一個正氣凜然的成年人，跟母親理論，抓住她的肩膀前後搖幾下，對她說：「妳這個白痴，這是妳的骨肉啊，這小孩是妳的——」

「怎樣？你們想給他取什麼名字？」女主人說著從廚房走出來。

那張肥臉簡直輻射出殘忍和無知，嘴唇胡亂塗了一點口紅。

「恐怕我們不能收養他了。」瑪麗冷冷說。

艾比的抗議聲多麼驚人！但喬許——待會兒再讚美他，也許買個「義式麵團補充包」給他吧——咬牙對艾比說一句話，母子一起從髒亂的廚房走出去（路過某種機軸，擺在烤板上；經過半顆紅椒，漂浮在一桶綠漆裡），女主人匆匆追著，說，等一等，等一等，免費送你們，拜託，帶牠走嘛——女主人是眞心要他們收養牠。

瑪麗說，不行，暫時不能收養牠，因爲她認爲，如果無法好好養育，就不應該擁有。

「喔。」女主人走到門口，變得垂頭喪氣，肩膀上的小狗正在亂動。

坐進凌志汽車之後，艾比開始輕輕哭泣，說著，「怎麼這樣嘛，那隻小狗狗完全是我想要的。」的確是一條不錯的小狗，但瑪麗絲毫不肯在這件事上推波助瀾。

絲毫不肯。

被拴住的小男童來到圍牆邊。她但願能以眼神向他傳達：**日子未必會永遠這樣過。你的人生有可能乍然綻放花朵。這種事是有可能的。我就碰到過。**

但私底下，她的眼神傳達著截然不同的含義，隱隱說著，講這麼多幹嘛？全是廢話。眞要起而行，她會一通電話打進兒童福利處，找她認識的琳達．波爾凌。琳達是個一板一眼的女人，獲報之後，肯定會火速趕來，在胖媽的肥腦來不及反應之際，救走這可憐的孩子。

……

卡麗喊著，「小波，我出門一下就回來！」她鑽進玉米田，一手抱小狗，另一手剝開莖葉，一直走到只見玉米和天空的深處。

這條狗好幼小，被她放在地上時，走也走不動，只用小鼻子嗅呀嗅，站不住，翻倒。

裝進袋子裡淹死？丟進玉米田餓死？哼，有什麼差別？這樣做，至少不必勞駕吉米。他煩惱的事情夠多了。她當年初相識的那個長髮及腰的男孩，如今已被煩惱折騰成乾癟老頭。錢呢？她藏了六十塊錢的私房錢。她會塞二十塊錢給他，說：「買走小狗的那家人超好心的。」

不要回頭看，不要回頭看，她默默自我叮嚀，奔離玉米田。

走上綠鴨背路，她的步伐快如競走健將，好像爲瘦身而每晚散步的淑女，只不過她一點也不瘦，她自己很清楚。她也自知，競走的人不會穿牛仔褲，也不會穿沒綁鞋帶的登山靴。哈哈。她不笨。她只是常走錯路。她記得琳涅特修女曾說：「卡麗，妳的智商夠高，可惜妳常偏向對妳沒益處的環境。」**對嘛，修女，被妳說中了**，她在心中回應修女。管它的。去它的。以後，如果手頭不是這麼緊，她會買一雙好球鞋，開始健步走，瘦身。去讀夜校。再瘦一點。也許唸醫學科技。她再瘦身也不會苗條。幸好吉米喜歡她的本色。而她也喜歡吉米的本色。搞不好，這就是愛的眞諦：喜歡對方的本色，做一些有助於對方改善的事。

像現在，她幫助吉米，好讓吉米的日子好過一些，替吉米殺——不對。她現在做的，只不過是走掉，離開——

剛剛說了什麼？說得很有道理。**愛的眞諦是喜歡對方的本色，做一些有助於對方改善的事。**同樣的道理，小波並不完美，但她照樣愛他，儘量幫助他改進。如果能好好保護他，也許他再大幾歲，情緒就會軟化。如果他情緒軟化了，也許將來可以結婚生子。看看現在的他，坐在院子裡，默默賞花，拿著球棒輕輕打，還算快樂。他遠遠望過來，對著她揮棒，對她展露那份笑顏。昨天，他被關在房子裡，苦悶到不行，晚上在床上哭鬧，氣得沒力。今天，他在院子裡賞花。讓今天比昨天更好，這種想法是誰發明的？是誰夠疼愛他，所以才產生這種想法？比全世界任何人更愛他的人是誰？

她。

是她。

逃離蜘蛛頭

一

「繼續滴？」厄涅斯底廣播說。

「裡面是什麼藥？」我說。

「好好笑。」他說。

「知道了。」我說。

厄涅斯底觸動遙控器。我的「行動包MobiPak™」呼呼響起來。不久，室內庭園變得好好看。所有東西顯得超清晰的。

我依規定，說出內心的感受。

「庭園好好看。」我說，「超清晰的。」

厄涅斯底說：「傑夫，我們來加強一下你的語言區，好不好？」

「好。」我說。

「繼續滴？」他說。

「知道了。」我說。

厄涅斯底在點滴裡加一些「語彙豐 Verbaluce™」。不久後，我的感受沒變，但說法改善了。庭園依然好好看。看起來，樹叢種得很緊湊，日光把大小東西全凸顯出來？就像隨時可能冒出幾個維多利亞時代的人，邊品茗邊散步。彷彿整座庭園變成某種象徵，代表人類意識裡固有的居家夢想。彷彿我一見這幅現代風景畫，就能頓悟柏拉圖等等古人的意境；換言之，我能見短暫而知永恆。

我坐著，欣然沉溺於這些思想，直到語彙豐的藥效逐漸減弱。這時，庭園又變回「好好看」了。哪裡好看？是樹叢的位置，還是什麼的？看了讓人想躺進庭園裡，吸收陽光，想一想開心的事。我講的這些東西，你應該懂吧。

接著，點滴裡僅存的藥物流光了，我對庭園沒什麼特別的感受。不同的是，我的嘴巴好乾，肚子有那種用過語彙豐之後的感覺。

「這種藥有什麼好處呢？」厄涅斯底說。「對以下這些人有好處，例如大夜班的警衛，或是去學校接小孩、等得發慌的家長，幸好附近有些自然景觀。例如說，公園管理員一天要值兩班。」

「好處的確不少。」我說。

「這種藥叫做ＥＤ七六三。」他說。「我們考慮命名為『自然萌』。或許叫做『地球漾』也好。」

「這兩個名字都不錯。」我說。

「謝謝你的幫忙，傑夫。」他說。

他總是這麼說。

「只要再幫一百萬年。」我說。

我總是這麼說。

接著，他說：「現在從室內庭園離開，傑夫，前往二號小工作室。」

二

一個蒼白高䠷的女孩被叫進二號小工作室。

「你覺得怎樣？」厄涅斯底廣播說。

「問我？」我說，「或是問她？」

「問你們兩個。」厄涅斯底說。

「滿不錯的。」我說。

「還好吧。」她說，「正常。」

厄涅斯底要求我們更具體一點，替對方的外貌、性感度打分數。

看樣子，我們對彼此的觀感很普通，既不特別受吸引，也不特別排斥。

厄涅斯底說：「傑夫，繼續滴？」

「知道了。」我說。

「海瑟，繼續滴？」他說。

「知道了。」海瑟說。

說完，我們互看，心想，會發生什麼現象？

接下來，海瑟迅速變成大美女。而我看得出來，她也認爲我是大帥哥。情況轉變得很突然，我倆忍不住笑了。剛才是沒長眼睛嗎？怎麼看不出對方多正點？幸好，工作室裡有一張沙發。他們正在實驗什麼藥，我不清楚，只知點滴裡面另加了一點ＥＤ五五六，能把羞恥心降低到接近零。因爲不久後，我們兩個躺進沙發，親熱起來。我們兩人的互動超火辣。而且不只是慾火焚身的層次。熱度是夠，沒錯，激情也恰到好處。就好像終生夢寐以求的女孩突然現身，和我在同一間工作室裡。

「傑夫。」厄涅斯底說：「我想徵求你同意，強化你的語言區。」

「可以。」我說。這時我被她壓著。

「繼續滴？」他說。

「知道了。」我說。

「也替我加吧？」海瑟說。

「沒問題。」厄涅斯底笑著說。「繼續滴？」

「知道了。」她上氣不接下氣說。

不久，在語彙豐的造福之下，我們不僅幹得很熱烈，對話也滿不錯的。比方說，本來我們的性愛用語很普通，不外乎是「哇」、「天啊」、「爽死了」之類的話，現在則是奔放表達個人的感受和想法，用語的程度提昇了，詞彙增加百分之八十。所有明白表述的想法全被側錄下來，供事後分析研究。

以我而言，我的感受約莫是：驚喜。我逐漸明瞭，這女人是直接從我的心同步創造出來的，符合我最殷切的渴望。尋尋覓覓幾多年（我的想法），總算找到身材／長相／心智的完美組合，能體現我追求的所有條件。芳唇的風味、偏金色秀髮表層的那環光暈、天使般純眞的臉龐略帶調皮（現在她被我壓著，兩腿朝天舉），甚至連陰道對我進進出出的陰莖產生的感覺（恕我魯直，我其實不願玷污這份高尚的感受），也完全合乎我向來的渴望。只不過，在此刻之前，我未曾明瞭內心深處藏有這份熾熱的渴望。

換句話說：慾望一產生，滿足那股慾望的感受也會隨之升起，彷彿，（一）我渴望某種（從未嘗過的）滋味，直到（二）這份渴望強烈到幾乎無法忍受，這時（三）我發現一塊食物已經含在嘴裡，正好是我渴望的那種滋味，能徹底滿足我的渴望。

每一言一語，每調整一種姿勢，再再闡明同一件事：我們很早就彼此相識，彼此是心靈伴侶，前世已邂逅相愛無數次，來生也將邂逅相愛無數次，每次皆有同樣心靈昇華、地轉天旋的結果。

後來，有一種難以言喻卻又十分眞實的感覺，整個人飄浮進連續幾種幻境裡，最生動的描述或許是，進入一種非敘事性的心靈景觀，一連串朦朧的幻象代表我從未去過的地方（一座長滿松樹的山谷，四周是白皚皚的高山；死巷裡的一棟瑞士山莊型民房，院子種著太久沒修剪的小樹，類似蘇斯博士畫筆下那種長不高的蓬蓬樹），每一幅景觀觸發一股股切企盼，未久，種種憧憬揉合、簡化爲一股主要的企盼，亦即一份強烈的渴望，對海瑟的渴望，僅此一人。

這種心靈景觀的現象最強烈的一次，出現在我們做愛第三次（！）的過程中。（不消說，厄涅斯底在我的點滴攙入一些「活虎堅Vivistif™」。）

事後，一句句愛的宣言脫口而出，構詞複雜，寓意豐富。若說我倆已成詩人，也不算言過其實。我們獲准躺在沙發上，肢體交纏著，爲時將近一個鐘頭。幸福美滿。十全十美。達到可盼而不可求的境界：幸福不凋零，不允許新慾望從中萌芽。

我們臥擁著，態度熱切／專注，而這種熱切／專注可與打炮時的那份熱切／專注相抗衡。我想說的是，與打炮比較起來，臥擁的滋味絲毫不遜色。我們呵護著對方的每一吋肌膚，態度超友善，好比小狗，好比死裡逃生的配偶首度重逢。每一種事物顯得溼潤、沁心，而且說得出來。

接著，點滴裡的某種藥開始減弱。我猜是厄涅斯底關掉語彙豐了吧？抗羞恥心的藥也停了吧？基本上，所有現象開始縮水。忽然間，我們覺得害臊。但彼此仍有愛意。語彙豐的藥效消失後，我們正開始體驗新階段，對話變得尷尬。

然而，我從她眼裡看得出，她對我的愛意仍在。

對她，我也絕對依然存有一分愛意。

不愛才怪吧？我們剛大戰三回合耶！不然怎麼會叫做「做愛」？我們剛做了三次的正是愛。

這時，厄涅斯底說：「繼續滴？」

我們差點忘記他就在單向鏡的另一邊。

我說：「非滴不可嗎？我們真的很喜歡現在這種感覺。」

「只是想讓你們回歸基準線而已。」他說，「今天還有其他事情要做。」

「可惡。」我說。

「該死。」她說。

「繼續滴？」他說。

「知道了。」我們說。

不久，狀況開始改變。她嘛，外表還可以。是個五官端正、膚色蒼白的女孩。但沒什麼特別。而我看得出，她對我也有同感，心裡想的是：剛才怎會驚爲天人，沒道理嘛。

怎麼沒穿衣服？我們趕快穿衣服。

有點尷尬。

我愛她嗎？她愛我嗎？

哈。

不愛。

她走的時候到了。我們握握手。

她離開。

午餐送進來。放在托盤上。雞肉義大利麵。

哇，我好餓。

午餐期間，我一直思考。奇怪。我記得和海瑟嘿咻，記得剛才對她的心意，記得我對她說過的話。剛才講了那麼多話，而且忍不住心直口快，現在喉嚨有點啞。至於現在有什麼感受呢？基本上是零。

只覺得臉發燙，有些丟臉，因爲剛剛在厄涅斯底面前打炮三次。

三

午餐後，又有一個女孩進來。

姿色差不多，一樣普通。黑頭髮。中等身材。沒特色，就像海瑟剛進來時一樣沒什麼特別之處。

「這位是瑞秋。」厄涅斯底對著廣播說，「這位是傑夫。」

「嗨，瑞秋。」我說。

「嗨，傑夫。」她說。

「繼續滴？」厄涅斯底說。

我們說，知道了。

現在漸漸產生一種感受，我非常熟悉。忽然間，瑞秋變成大美女。厄涅斯底徵求使用語彙豐，以強化我們的語言區。我們說，知道了。不久，我們也開始打得火熱。不久，我們也變得嘰嘰喳喳，互訴愛的衷曲。與先前相同，迫切渴望著某種滋味的同時，有一些情愫會升起，投合那份渴望。不久，我印象裡海瑟芳唇那種完美的滋味，全被現在的瑞秋取代，當前的我加倍渴望瑞秋的滋味。我感受到前所未有的情緒，只不過，這些前所未有的情緒（我在意識區的某處察覺到）和我先前的感受一模一樣，而先前使我陶醉的軀殼叫做海瑟，如今顯得不值一提。我想說的是，瑞秋是**夢幻組合**。她輕盈的水蛇腰、她的嗓音、她飢渴的嘴／手／下體——全是**夢幻組合**。

我愛透了瑞秋。

隨後，地理景觀的幻影接連出現（詳見前段）：同樣一座松林密佈的山谷、同樣一棟瑞士山莊似的民房，隨之而來的是，對美景的憧憬轉化為（這次）對瑞秋的憧憬。持續賣力從事這種層次的性行為，導致我所描述的這種胸口逐漸繃緊而甜蜜的橡皮筋束縛感，造成我倆靈肉交流，驅策我倆繼續同時彼此激情呢喃（遣詞精練、詩意盎然）著，傾訴著很久以前——亦即出娘胎的那一刻起——就認識對方的感受。

同樣地，我們做愛的次數也是三。

之後，和上次一樣，縮水的感覺又來了。言辭的精彩度下降。話變少，句子縮短。儘管如此，我依舊愛她。愛著瑞秋。她的上下裡外全顯得**無懈可擊**：她臉頰上的痣、黑頭髮、不時微微扭臀彷彿在說：嗯嗯嗯，好舒服喔。

「繼續滴？」厄涅斯底說。「該讓你們回歸基準線了。」

「知道了。」她說。

「呃，先不要。」我說。

「傑夫。」厄涅斯底語帶煩躁說，彷彿想提醒我，我並非自願前來接受實驗，而是因爲我犯法在先，現在正在服刑。

「知道了。」我說。

我再以表情向瑞秋示愛最後一次，心知（她還不知道）我再也不會對她送秋波。

不久後，我眼中的她變得外表尚可，她眼中的我也變得外表尚可。她的神態和海瑟同樣尷尬，好像默默說：剛剛是哪條神經斷了？我怎麼會被這個普普先生煞到？

我愛她嗎？她愛我嗎？

不愛。

告別的時候到了，我倆握握手。

我們先前動過手術，行動包被縫進後腰，由於不停變換姿勢的緣故，我的後腰覺得痠疼。而且我累過頭了。而且我覺得好悲哀。爲什麼悲哀？我難道不是男人嗎？不是才剛連操兩個女孩、一天下來總共玩了六次？

儘管如此，老實說，我比悲哀還悲哀。

我猜，悲哀的原因或許是，愛情不是眞的？或者說，眞實度並不那麼高？我猜，悲哀是因爲，那麼眞切的愛情竟可頃刻化爲雲煙，全因爲厄涅斯底在作梗。

四

點心時間過後，厄涅斯底把我喚進控制室。控制室像是蜘蛛的頭。我們的工作室則像蜘蛛腳。有時候，厄涅斯底會把我們叫進大蜘蛛的頭裡面，和他一起合作。我們把這地方稱爲蜘蛛頭。

「坐。」他說。「看看一號大工作室裡面。」

海瑟和瑞秋並肩坐在一號大工作室裡。

「認得她們嗎？」他說。

「哈。」我說。

「好。」厄涅斯底說。「傑夫，我想讓你抉擇一件事。這是我們想研究的重點。這個遙控器，看見沒有？假如你按這顆按鈕，『釀鬱Darkenfloxx™』會被注入瑞秋體內。假如你按的是這顆按鈕，得到釀鬱的人就是海瑟。懂了嗎？你選一個。」

「她們的行動包裡面有釀鬱嗎？」我說。

「什麼傻話，你們的行動包都有釀鬱。」厄涅斯底的口氣溫馨，「是沃萊因在星期三放進去的，事先爲今天這個研究做準備。」

呃，你這麼一說，我好緊張。

一生中最悽慘的感覺乘以十，還遠遠比不上醰鬱給人的悽慘感受。新訓期間，爲了示範起見，我們全嘗過醰鬱的威力，當時的劑量只有這顆按鈕釋放的三分之一，而醰鬱一發威，我的情緒跌進前所未有的幽谷，所有人垂著頭，呻吟不止，像在哀嘆這輩子不值得走一遭。

那次的經驗，我連回想一下也受不了。

「你決定按哪顆，傑夫？」厄涅斯底說。「得到醰鬱的是瑞秋嗎？或是海瑟？」

「我說不出來。」我說。

「非說不可。」他說。

「我不能。」我說，「我不能就這樣隨便挑一個。」

「你認爲，你會隨機做決定。」他說。

「對。」我說。

是眞話。我眞的不在乎。感覺像我把你叫進蜘蛛頭，叫你抉擇：房間裡有兩個陌生人，你決定把哪一個推進死亡谷？

「倒數十秒。」厄涅斯底說，「我們這次是想檢查情意的殘餘量。」

我不是說我對她們有意思。說眞話，我對她們完全沒有好感，也不排斥她們，簡直像我從來沒見過她們，更沒有和她們分別炒過飯。（我猜我想說的是，厄涅斯底做得很成功，完全把我歸零了。）

但是，由於我親身體驗過釀鬱，我實在不想拿釀鬱害人。哪怕是我不太喜歡對方，哪怕是我痛恨對方，我照樣不願意下手。

「五秒。」厄涅斯底說。

「我做不出決定。」我說，「沒特定對象。」

「沒特定對象？眞的嗎？」他說，「好吧。我打算對海瑟釋放釀鬱。」

我呆呆坐著。

「呃，不對。」他說：「我決定給瑞秋。」

呆坐著。

「傑夫。」他說，「我相信你了。對你來說，這決定確實無關特定對象。你是眞的不偏心。我看得出來。因此，我不必動手。在你的協助之下，我們導出一個結論，你知道嗎？破天荒第一遭喔。ED二八九／二九〇複方藥的作用。這就是我們今天實驗的藥品。你自己不得不承認：你今天談過戀愛。兩次。對不對？」

「對。」我說。

「愛得很深。」他說，「兩次。」

「對，我說過了。」我說。

「不過，你剛才卻沒有表達偏袒哪一個。」他說，「也就是說，今天那兩份深情一絲也不存在了。你被徹底歸零了。我們讓你愛上青天，讓你回歸地面，現在你坐在這裡，情緒和實驗之前相同。這藥的威力強大，是神藥啊。亙古以來的密碼被我們破解了。這種石破天驚的發明太神奇了。有心病，談不成戀愛？沒問題，我們可以幫助他談成。愛得太深？愛上的對象是照養者認爲不適合的人？劑量調低一點就行。爲眞情所苦？我們會介入，或者照養者會介入，憂愁一掃而空。所有的人類再也不會隨波逐流，能控制情感。我們一見哪艘船航無定向，立刻登船，安裝一組舵，把他或她引向愛，或帶離愛情旋渦。大家不是常說『你只需要愛』嗎？ED二八九／二九〇來了。能靠這東西停止戰爭嗎？讓戰況緩和下來，不成問題！藥效一發作，雙方的士兵會馬上嘿咻起來。劑量低一點的話，也會對彼此超有好感。哪兩國的獨裁有宿怨，是死對頭，如果我們把ED二八九／二九〇好好開發成藥丸的話，我可以在兩個獨裁的飲料裡下藥，不一會兒，這兩人的舌頭喇進對方的喉嚨裡，和平鴿從兩人的肩章飛出來。視劑量高低，兩人有可能抱抱而已。功臣是誰呢？你。」

在這期間，瑞秋和海瑟一直枯坐在一號大工作室。

「兩位小姐，好了，謝謝。」厄涅斯底廣播說。

她們離開工作室，渾然不知自己險些挨釀鬱打屁股。

沃萊因帶她們走後門，不穿越蜘蛛頭，而是從「後巷」出去。後巷其實不是巷子，而是一條鋪著地毯的走廊，向後通往我們住的域叢。

「想想看，傑夫。」厄涅斯底說：「假設在你出事的那天，ED二八九/二九〇能幫你一把，你今天會怎樣？」

他動不動提起我出事的那天，老實說，我聽得有點煩。出事之後，我馬上後悔，之後更加悔恨，現在經他這麼一提，遺憾的程度並沒有升高，反倒是讓我暗罵他欠幹。

「我可以上床了吧？」我說。

「還不行。」厄涅斯底說，「你還得忙幾個小時。」

接著，他派我進三號小工作室，裡面坐著一個我不認識的男人。

五

「羅根。」男人說。

「傑夫。」我說。

「好嗎？」他說。

「了了。」我說。

兩人坐著不講話，氣氛僵了好久。

我一直以為，我會忽然想把羅根操翻天。

幸好沒有。

大概過了十分鐘。

這地方關著幾個剽悍的顧客。我留意到，羅根脖子上有一隻大老鼠的刺青，老鼠挨了一刀，正在哭泣，邊哭邊拿刀暗算另外一隻比較小的老鼠，小老鼠一臉錯愕。

厄涅斯底終於廣播了。

「好了，兩位，謝謝。」他說。

「媽的，搞什麼飛機？」羅根說。

問得好，羅根，我心想。為什麼叫我們進來坐著發呆？和剛才瑞秋、海瑟傻傻坐著的情況一樣。

這時我有一個預感。為了證實這份預感，我突然衝進蜘蛛頭。厄涅斯底平時刻意不鎖門，以顯示他多麼信任我們，多麼不怕我們。

結果你猜，誰坐在裡面？

「嗨，傑夫。」海瑟說。

「傑夫，出去。」厄涅斯底說。

「海瑟，厄涅斯底先生是不是叫妳決定給我或羅根釀鬱？」我說。

「對。」海瑟說。她一定是吃了「懇言VeriTalk™」，因爲她不顧厄涅斯底拼命使眼色叫她閉嘴，直接吐眞言。

「海瑟，妳除了我，最近是不是也跟羅根炒過飯？」我說，「是不是也愛上他，像妳愛上我那樣？」

「是的。」她說。

「海瑟，拜託妳。」厄涅斯底說。「拿襪子塞塞嘴。」*

海瑟東張西望找襪子，因爲懇言劑讓人聽不懂言下之意是要她住口。

我回到自己的域室，屈指數著：海瑟和我打炮三次。海瑟大概也和羅根打炮三次，因爲從實驗設計的觀點而言，爲了追求一致性，厄涅斯底會給我和羅根相等劑量的活虎堅。

而談到一致性，就我對厄涅斯底的認識，他這人死守資料的對稱性，實驗設計必定不只這樣。厄涅斯底難道不會也叫瑞秋決定給我或羅根釀鬱嗎？

短暫休息過後，我的疑慮獲得證實。果然，我又坐進三號小工作室，另一人又是羅根！我們同樣枯坐很久，不開口。他頂多摳一摳小老鼠的刺青，我則儘量暗中監看他。

後來，和上次一樣，厄涅斯底又廣播說：「好了，兩位，謝謝。」

「讓我猜猜看。」我說，「瑞秋坐在你旁邊。」

「傑夫，你再搗蛋，我發誓……」厄涅斯底說。

「而且，她剛拒絕對我或羅根釋放釀鬱？」我說。

「嗨，傑夫！」瑞秋說，「嗨，羅根！」

「羅根。」我說。「你今天，該不會也和瑞秋嘿咻過吧？」

「差不多。」羅根說。

我的思緒亂如麻。瑞秋不但上我，也上羅根？海瑟除了我，也和羅根炒飯？而大家炒飯過程中愛上對方，事後不愛？

這個方案小組在瞎搞什麼？

我嘛，不是沒碰過胡搞瞎搞的方案小組，其中一組對我滴一種藥，讓我聽見音樂覺得妙不可言，

＊譯註：put a sock in it，意指「住口」。

因此他們每播放蕭斯塔科維奇，我總覺得域室有蝙蝠在盤旋。另外一組，讓我腰部以下完全痲痹，而我卻照樣站得住，在一臺假收銀機旁邊連站十五小時，奇蹟似地突然能心算高難度的長除法。

然而，在這麼多亂七八糟的方案小組裡，這次瞎搞的程度讓其他小組望塵莫及。

我忍不住想知道，明天會有什麼狀況。

六

只可惜，今天根本還沒結束。

我又被叫進三號小工作室，坐著等，隨後進來一個不眼熟的男人。

「我叫紀斯！」他衝過來和我握手。

他是個高帥的美國南方人，白牙亮晃晃，長髮捲捲的。

「傑夫。」我說。

「誠心高興認識你！」他說。

接著，我們坐著，講不出話。每次我望過去，他總是對我亮白牙笑笑，搖頭扮鬼臉，彷彿說著，

「這一行眞奇怪，對吧？」

「紀斯。」我說，「有兩個小妞名叫瑞秋和海瑟，你該不會認識她們吧？」

「當然認識囉。」紀斯說。他的白牙霎然多了一份冷笑。

「你今天，該不會跟瑞秋和海瑟性交過吧，分別做三次，對不對？」我說。

「咦，很神喔。敢情，你懂得讀心術？」紀斯說，「我對你太佩服了，我承認！」

「傑夫，這實驗本來設計得嚴謹，現在整個被你搞砸了。」厄涅斯底說。

「照你這麼說，瑞秋或海瑟，其中一個正坐在蜘蛛頭裡。」我說，「正在抉擇。」

「抉擇什麼？」紀斯說。

「對我們其中一人釋放釀鬱。」我說。

「恐怖喔。」紀斯說。這時他的白牙顯得害怕。

「別擔心。」我說。「她不會動手。」

「誰不會？」紀斯說。

「坐在蜘蛛頭裡的人。」我說。

「好了，兩位，謝謝。」厄涅斯底說。

休息片刻後，紀斯和我又被叫進三號小工作室，再次等候瑞秋或海瑟拒絕對我們投藥。

我回到域室，開始畫圖表，以顯示誰幹過誰：

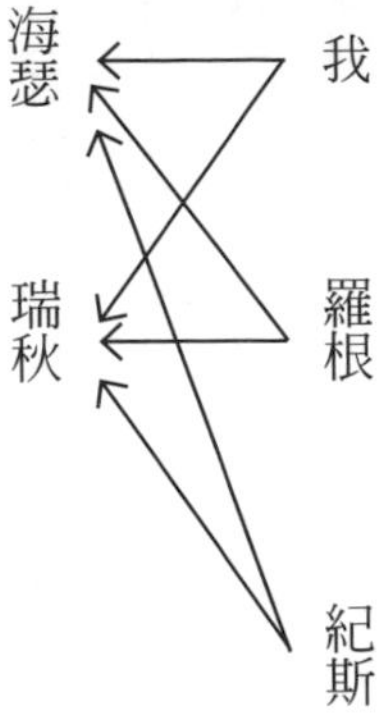

厄涅斯底進來。

「儘管你屢次從中作梗。」他說，「羅根和紀斯跟你的反應完全一致。也跟瑞秋和海瑟一樣。你們五人在關鍵時刻，都無法決定對誰釋放釀鬱。這太了不起了。這意味著什麼？爲什麼了不起？這表示，ED二八九/二九〇是眞正有效。不但能製造愛，也能把愛奪走。我幾乎想馬上進入命名的程序。」

「那兩個女孩，今天一人總共做了九次？」我說。

「『普世和Peace4All™』。」他說。「『向愛葵LuvInclyned™』。你好像不太高興。你不太高興嗎？」

「呃，我覺得有點像被人牽著鼻子走。」我說。

「有這種感覺，是因爲你對那兩個女孩之一還有情意嗎？」他說，「如果這樣，有必要記錄下來。憤怒嗎?佔有慾在作祟嗎?有殘存的性渴望嗎?」

「沒有。」我說。

「真的沒有?讓你產生愛意的女孩後來被兩個男人搞,而且她還對這兩人產生等質等量的愛意,你難道不惱怒?以瑞秋而言,在她搞上羅根的時候,她差點對你有那種意思。我想是羅根吧。咦,她可能是先搞紀斯。然後是你,倒數第二個。作業順序的印象模糊了。我可以去查查看。不過,你深思一下這事。」

我深思著。

「沒感想。」我說。

「也對,情況複雜,一下子難釐清。」他說,「幸好,天色晚了。今天結束了。你另外還想談什麼事?你有其他的感受嗎?」

「我的陰莖有點痛。」我說。

「對,不意外。」他說,「那兩個女孩有什麼感覺,可想而知。我會叫沃萊因送軟膏給你搽。」

不久,沃萊因送軟膏進來。

「嗨,沃萊因。」我說。

「嗨,傑夫。」他說,「你自己搽嗎?或是要我幫你搽?」

「我自己來。」我說。

「好。」他說。

我看得出他說的是眞心話。

「好像很痛吧。」他說。

「眞的很痛。」我說。

「不過，做的時候滋味一定很棒吧？」他說。

他的弦外之音似乎是他羨慕我，但我從他望我陰莖的神情看得出，他絲毫不羨慕我。

然後我就寢，睡死了。

可以說是。

七

隔天早晨，厄涅斯底廣播時，我仍在睡覺。

「你記得昨天嗎？」他說。

「記得。」我說。

「昨天我問你，你想對哪一個女孩釋放釀鬱。」他說，「你回答，都不想。」

「對。」我說。

「我能接受這樣的回答。」他說。「可惜，協定委員會不接受。龜毛三騎士不接受。進來吧。我們開始忙吧——今天必須進行一種確認實驗。唉，肯定不好受。」

我走進蜘蛛頭。

坐在二號小工作室裡的人是海瑟。

「這一次呢。」厄涅斯底說，「照協定委員會的指示，我不問你想對哪個女孩釋放釀鬱，因爲協委認爲，這樣問太主觀了。所以，不管你說什麼，我們準備對這女孩釋放釀鬱。聽看看你的感想。像昨天一樣，我們會對你滴——沃萊因？沃萊因？你在哪裡？你在嗎？又怎麼了？方案指令在你手上嗎？」

「語彙豐、懇言、『暢聊ChatEase TM』。」沃萊因廣播說。

「對。」厄涅斯底說，「你有沒有補充他的行動包？裡面的量夠嗎？」

「補充過了。」沃萊因說，「趁他睡覺的時候補充了。而且我已經跟你報告過了。」

「她呢？」厄涅斯底說，「有沒有補充她的行動包？她的量夠嗎？」

「雷，我補充的時候，你就站在那邊看。」沃萊因說。

「傑夫，對不起。」厄涅斯底對我說，「今天的氣氛有點衝。今天的作業不輕鬆。」

「我不要你給海瑟釀鬱。」我說。

「耐人尋味。」他說，「是因爲你愛她嗎？」

「不是。」我說。「我不要你給任何人釀鬱。」

「我懂你的意思。」他說，「你好體貼。不過呢，這次確認實驗的重點是研究你的心願嗎？不算是。這次實驗的重點是，記錄你觀察海瑟得到釀鬱時的感想。五分鐘。實驗只有五分鐘。好了。繼續滴？」

我不說「知道了」。

「你應該覺得受寵若驚才對。」厄涅斯底說，「這次實驗的人選是羅根嗎？紀斯嗎？都不是。我們認爲，你的語言層次比較符合數據的需求。」

我不說「知道了」。

「爲什麼這麼保護海瑟？」厄涅斯底說，「幾乎讓人認爲你愛上她了。」

「不是。」我說。

「她的背景，你根本不清楚吧？」他說，「對。於法你不能知道。她的背景扯得上威士忌、幫派、殺嬰嗎？我不能說。我可以暗示一下嗎？從旁隱約暗示一下？她的過去既暴力又不堪回首，沒有擁有養了一條萊西靈犬的童年，家人也不常探討《聖經》，祖母也不會坐在壁爐的小火前編織繩結手藝品，不時調整坐姿，以免被烤得滋滋響。我可以這樣暗示一下吧，假如你明白我對海瑟過去的所知，你也許會想讓海瑟傷心、反胃、害怕一下下，也許不算是慘絕人寰的點子吧？不行，我不能暗示。」

「好吧，好吧。」我說。

「你瞭解我。」他說，「我有幾個小孩？」

「五個。」我說。

「他們叫什麼名字？」他說。

「米克、陶德、凱倫、麗莎、菲比。」我說。

「我是人魔嗎？」他說，「我不是記得大家的生日嗎？某某人的胯下生足癬的時候，開車去連鎖藥房Rexall自費買藥膏的人難道是別人嗎？」

那件事的確是他做的善事，但這時候提起，似乎有點不太專業。

「傑夫。」厄涅斯底說，「你要我說什麼？難道你要我說，你的星期五有危險了？我可以輕鬆講出來。」

賤招。星期五對我意義重大，他知道。每星期五，我可以和媽媽Skype。

「我們准你Skype多久?」厄涅斯底說。

「五分鐘。」我說。

「乾脆延長到十分鐘吧?」厄涅斯底說。

每次Skype對話時間結束，媽的心痛總是寫在臉上。我被收押的時候，她幾乎著急得沒命。審判也差點要了她的命。她耗盡積蓄，爲的是把我弄出一般監獄，換來這裡。在我小時候，她留著過腰的褐色長頭髮。審判期間，她把頭髮剪掉。後來，頭髮整個變成蒼白，現在全白了，頭髮只像一頂小帽。

「繼續滴?」厄涅斯底說。

「知道了。」我說。

「可以強化你的語言區嗎?」他說。

「好。」我說。

「海瑟，哈囉?」他說。

「早安!」海瑟說。

「繼續滴?」他說。

「知道了。」海瑟說。

厄涅斯底使用遙控器。

醰鬱開始流入血管。不久，海瑟輕輕哭了起來。接著，她站起來踱步。然後，斷續抽泣著。甚至有點歇斯底里。

「我不喜歡這樣。」她以顫音說。

接著，她對著垃圾桶嘔吐。

「說話，傑夫。」厄涅斯底對我說，「多說一點，詳細說。讓我們好好善用這機會，好嗎？」

滴劑裡的每種藥給我一流的感受。忽然間，詩意蠢動起來。對於海瑟的舉動，我詩心大發。海瑟的舉動觸發我的感想，詩情激昂。基本上，我的感受是：世上每一個人都是一男一女的結晶。每一人誕生時，至少受到父母親情的滋潤。因此，世人皆值得一愛。在我觀看海瑟受苦的同時，心軟的感受漲滿我全身，而這份心軟和另一種龐大的無所適從感兩者難以區分；換言之，爲何如此可親的美體被如此沉重的痛苦奴役？海瑟無異於一組痛苦感受器。海瑟的心智具有流動性，能被痛苦、哀傷摧毀。爲什麼？上帝造人，爲何將她塑造成這樣？爲何如此不堪一擊？

可憐的孩子，我心想，可憐的女孩。誰愛過妳？有誰正在愛妳？

「再加油一下，傑夫。」厄涅斯底說，「沃萊因！你覺得呢？傑夫的『言語評論』裡，有沒有殘存浪漫情懷？」

「我認爲沒有。」沃萊因廣播說，「他的評論差不多全是基本的人情。」

「太棒了。」厄涅斯底說，「剩幾分鐘？」

「兩分鐘。」沃萊因說。

接下來的景象令我不忍卒睹。在語彙豐、懇言、暢聊的藥效下，我也難以不多加描述。

每間工作室裡有一張沙發、一張書桌、一張椅子，全設計成無法拆解的傢具。海瑟現在開始拆解這張無法拆解的傢具。她的臉被怒火取代。她對著牆壁猛捶頭。受人疼愛的海瑟宛如暴怒奇才，居然在哀傷煽動的盛怒之下，一面繼續以頭撞牆，一面拆解椅子。

「天啊。」沃萊因說。

「沃萊因，忍一忍。」厄涅斯底說，「傑夫，別再哭了。你別以爲哭可以哭出很多有用的資料，其實正好相反。趕快用語言來形容。不要讓這個實驗白做。」

我以語言來形容。我滔滔不絕，用字精確。我描述再描述感想，看著海瑟開始一心一意，動作幾近淒美，拿著椅子的一腳，戳打臉和頭。

替厄涅斯底講句公道話，厄涅斯底自己的狀況也好不到哪裡去：他呼吸急促，臉頰紅如糖果，拿著筆，不停猛敲蘋果電腦的顯示幕。這是他抗壓的習慣動作。

「時間到。」他終於說，以遙控器切掉釀鬱。「操。給我進來，沃萊因。別拖拖拉拉。」

沃萊因匆匆進入二號小工作室。

「快報告，杉米。」厄涅斯底對沃萊因說。

沃萊因替海瑟把脈，然後舉雙手，掌心朝上，看起來像耶穌，不同的是他缺乏神的喜氣，一臉震驚。此外，他把眼鏡改戴在頭上。

「開什麼玩笑？」厄涅斯底說。

「這下怎麼辦？」沃萊因說。「我怎麼去——」

「去你的，開什麼玩笑？」厄涅斯底說。

厄涅斯底氣呼呼站起來，把我推開，衝出門，進入二號小工作室。

八

我回到自己的域室。

三點，沃萊因的聲音從音箱傳來。

「傑夫。」他說，「請回到蜘蛛頭。」

我回到蜘蛛頭。

「很遺憾讓你看見那場面，傑夫。」厄涅斯底說。

「沒料到會有那種演變。」沃萊因說。

「出乎意料，也令人惋惜。」厄涅斯底說，「對不起，剛才推你一把。」

「她死了嗎？」我說。

「呃，她不太樂觀。」沃萊因說。

「是這樣的，傑夫。這種事情難免會發生。」厄涅斯底說，「科學就是這樣。科學家專門探索未知的領域。給海瑟五分鐘的醞鬱會有什麼結果，原本是未知數，現在得知了。我們得知的另一個結果是，根據沃萊因對你言論的評估，你已經不對海瑟殘留一絲浪漫情懷，千眞萬確。這個結論很重要，傑夫。在大家傷心的此刻，這結論帶來希望之光。即使在海瑟的船沉入海底的同時，你依然無動於衷，繼續不對海瑟懷抱浪漫情懷。向協委報告，我猜他們會說：『哇，研究ＥＤ二八九／二九〇的項目中，尤蒂卡鎭提供的新數據令人大呼了不起，領先群雄。』」

蜘蛛頭裡靜悄悄。

「沃萊因，出去。」厄涅斯底說，「去忙你的正事。去準備東西。」

沃萊因離開。

「你以爲我喜歡剛才那種事嗎？」厄涅斯底說。

「你好像不喜歡。」我說。

「對，我不喜歡。」厄涅斯底說，「恨死了。我是人。我也有情感。話說回來，排除個人的哀傷不談，剛才很不錯。你整體的表現很棒。大家的表現都很棒。海瑟尤其棒。我尊敬她。我們暫且——先把這件事做完吧，好不好？把這件事完成。完成下一階段的確認實驗。」

進入四號小工作室的是瑞秋。

九

「現在要給瑞秋釀鬱嗎？」我說。

「想想看，傑夫。」厄涅斯底說，「假如只蒐集到你剛才對海瑟舉動的感想，我們怎麼得知你既不愛瑞秋，也不愛海瑟？動動你的小腦袋瓜呀。你不是科學家，不過天知道你成天和科學家週旋。繼續滴？」

我不說「知道了」。

「怎麼了，傑夫？」厄涅斯底說。

「我不想害死瑞秋。」我說。

「哼，誰想？」厄涅斯底說。「我想嗎？你想嗎，沃萊因？」

「不想。」沃萊因透過廣播說。

「傑夫，也許你想太多了吧。」厄涅斯底說，「釀鬱可不可能殺死瑞秋？有可能。因爲有海瑟的先例。反過來說，瑞秋可能比較堅強。她的體形好像大一點。」

「她其實小一點。」沃萊因說。

「嗯，說不定她的韌性比較強。」厄涅斯底說。

「我們會照體重調整劑量的。」沃萊因說。

「謝謝，沃萊因。」厄涅斯底說，「感謝你澄清這一點。」

「檔案給他看，或許比較好吧。」沃萊因說。

厄涅斯底把瑞秋的檔案遞給我。

沃萊因回來。

「讀吧，哭吧。」他說。

根據檔案，瑞秋的前科包括偷竊母親的首飾、偷竊父親的車子、偷姐姐的現金、偷教堂的雕塑像。她曾因吸毒而入獄，四度服刑，之後進入勒戒所，然後被送進娼妓重生中心，然後又被送進所謂的「歸零勒戒所」，因爲有些人進出勒戒所太多次，已經對勒戒所免疫。她肯定也對勒戒所免疫，因爲後來她犯下重案：三屍謀殺，死者是她的藥頭、藥頭的胞姐、藥頭胞姐的男友。

讀著讀著，我心裡有點毛毛的，因爲我跟她嘿咻過，也愛過她。

但我仍然不想殺她。

「傑夫。」厄涅斯底說，「我知道，在這方面，雷西夫人跟你花了不少工夫。在殺人之類的課題上。不過，這跟你無關。這是我們。」

「根本不是我們。」沃萊因說，「是爲了科學研究。」

「科學的使命。」厄涅斯底說，「也是科學的志業。」

「有時候，科學討人厭。」沃萊因說。

「傑夫，你想想看嘛。」厄涅斯底說，「讓海瑟難受幾分鐘——」

「瑞秋。」沃萊因說。

「讓瑞秋難受幾分鐘。」厄涅斯底改口說，「可以讓成千上萬沒人愛或愛過頭的人得救。」

「你看合算不合算，傑夫。」沃萊因說。

「做小善事很容易。」厄涅斯底說，「做大善事嘛，就比較困難。」

「繼續滴？」沃萊因說。「傑夫？」

我不說「知道了」。

「媽的，夠了。」厄涅斯底說，「沃萊因，那種藥叫什麼來著？讓他有命必從的那種。」

「『良馴安Docilryde™』。」沃萊因說。

「他的行動包，有沒有良馴安？」厄涅斯底說。

「每個行動包都有良馴安。」沃萊因說。

「他有沒有必要說『知道了』？」厄涅斯底說。

「良馴安屬於C級藥物，所以——」沃萊因說。

「唉，我認爲根本沒道理嘛。」厄涅斯底說，「要先徵求他的同意才可投藥，這種乖乖藥有屁用？」

「我們只需要申請切結書。」沃萊因說。

「多久才申請得到？」厄涅斯底說。

「傳眞給紐約州府奧巴尼，等他們傳眞回來。」沃萊因說。

「那還等什麼？快去快去。」厄涅斯底說，兩人離開蜘蛛頭，留下我一人。

十

好悲哀。我有一種悲哀、被擊敗的感覺。我知道他們一會兒就回來，給我良馴安，逼我說「知道了」，讓我露出馴良親和的笑臉，然後醲鬱會注入她體內，我受到語彙豐/懇言/暢聊的影響，會開始以快速、機械式的語氣，描述瑞秋當時自殘的舉動。

就好像我只要坐著等，就能再度成爲兇手。

讓雷西老師輔導那麼久，這令我難以接受。

「暴力結束了，從此不動怒。」她會逼我反覆說。

接著，她會叫我針對出事當晚的過程做「詳憶記」。

那年我十九歲。麥克．亞培爾十七歲。我們兩個喝得爛醉。他整晚找我麻煩。他的個子比較小，年紀比較輕，人緣比較不好。後來，我們離開飛茲酒吧，在門口的地上扭打。他的身手快。心狠。眼看我快打輸了。我不敢相信。我比他高壯，大他兩歲，竟打不贏他？圍觀的人基本上是我們認識的所有人。後來，他把我壓在地上仰躺，有人在笑。有人說：「哇塞，可憐的傑夫。」附近有塊磚頭。我拿起來，斜斜打了麥克的頭一下。然後，我壓在他身上。

麥克讓步了。他躺在地上，頭皮流著血，瞪我一眼，像在說：喂，老哥，怎麼玩眞了？

我們是玩眞的，沒錯。

我是。

我甚至不清楚爲什麼動手。

感覺像，因爲喝多了，而且年輕不懂事，眼看又快打輸了，整個人像被注入一種藥，例如「脾意爆」之類的。

瞬怒。

毀生。

「喂，各位，哈囉！」瑞秋說，「今天想做什麼呢？」

她那顆脆弱的頭，那張毫無損傷的臉，一手搔著臉頰，緊張地抖著兩腿，村姑裙也跟著抖，裙襬下面的腳穿著囚鞋。

不久，她的一切會癱成地上的一團肉。

我應該動動腦筋。

他們爲什麼要給瑞秋釀鬱？以便聽我描述感想。如果我不在這裡描述給他們聽，他們就不會動手。我怎麼把自己變走？我可以離開。我怎麼離開？蜘蛛頭的出口只有一道門，自動上鎖，門外守著巴立或漢斯，佩戴那種叫做「風紀棍DisciStick™」的電擊棒。我可以等到厄涅斯底進來，打他一頓，試試看能不能衝過守衛的那關，朝著大門衝刺？

蜘蛛頭裡有沒有武器？

沒有。只有厄涅斯底的生日馬克杯、一雙慢跑鞋、一管薄荷糖、他的遙控器。

他的遙控器？

太粗心了。遙控器應該隨時釦在皮帶上。不然，被我們撿到了，我們一查「庫存目錄」，就知道行動包裡有什麼仙藥。來點「爽活Bonviv™」吧。來點「嗨樂BlissTyme™」。來點「搖頭夯SpeedErUp™」。

來點醾鬱。

天啊。這是解脫的方式之一。

只不過很恐怖。

就在這時候，在四號小工作室裡，瑞秋大概以爲蜘蛛頭裡沒人，於是站起來，高高興興地跳著滑步舞，把自己當成愉快的村姑，剛剛出門，找到她的心上人。她愛的村漢正走過來，腋下夾著一頭小牛之類的。

她爲什麼跳舞？沒有原因。

活得高興吧，我猜。

時間不多。

遙控器的標籤貼得很清楚。

沃萊因眞有一套。

我按遙控器，然後把它丟進暖氣管，以免自己待會兒反悔。接著，我站著，心想：不敢相信自己剛做那種事。

我的行動包呼呼響起。

醞鬱注入。

接著，駭人的狀況來了：我做夢也想像不到的恐怖。不久，我伸手進暖氣管猛撈遙控器。然後，我在蜘蛛頭裡跌跌撞撞，想找個東西，什麼東西都行。最後，我用桌角，可見我有多急。

死的滋味怎樣？

有一小段時間無拘無束。

我直接飄出屋頂。

在屋頂上空盤旋，向下望。看見羅根，正在照鏡子看脖子上的刺青。看見紀斯，穿著內褲，正在做蹲俯跳的健身操。看見奈德·萊理，看見B·卓普，看見蓋兒·歐立、史蒂芬·迪威特，全是殺人犯，我猜全是壞人吧。只不過，在這一刹那，我看清不一樣的一面。他們誕生時，上帝賦予他們一項任務，叫他們長大以後變成徹底的孽種。有今天這種下場，是他們個人的抉擇嗎？從子宮呱呱墜地，是他們的錯嗎？當他們渾身黏滿胎盤血的時候，他們難道自我期許日後成爲加害人、黑勢力、生命終結者？在聖潔的那一瞬間，他們呼吸/產生意識（小手開開合合著），難道他們衷心希望（以刀槍或磚塊）爲無辜家庭製造哀慟嗎？不。然而，命中註定的邪路卻潛藏內心，邪惡的種籽靜候水與日光，等著綻放最血腥、最劇毒的花朵。光與水，其實一是腦神經的先天傾向，另一是後天環境的啓發，缺一不可，將他們（我們！）轉換爲地球上的廢物、兇手，最終以滔天大罪玷污我們，跳進大海也洗不清。

哇，我心想，這藥是加了語彙豐或什麼吧？

不是。

這全靠我自己說出來。

我被勾住了。原來是屋頂的雨溝。我蹲著，像個虛幻的屋簷避邪獸。我蹲在屋簷，也置身所有地方，看得見一切。看見我透明的腳下踩著雨溝裡的一團落葉。看見媽媽，可憐的媽，在羅徹斯特市的家中，正在刷洗淋浴間，輕輕哼著希望之歌，儘量讓心情輕快。看見垃圾箱附近有一隻鹿，我的幽魂突然驚動了牠。看見麥克·亞培爾的媽媽，她也住在羅徹斯特，側躺在麥克的單人床上，消瘦、心煩意亂，身軀如同打勾的形狀。看見瑞秋在四號小工作室裡，聽見我瀕死的聲響，挨近單向鏡想看究竟。看見厄涅斯底和沃萊因，衝進蜘蛛頭，沃萊因跪著開始做心肺復甦術。

夜幕降臨了。鳥兒在歌唱。我想到，鳥兒不正是在激情歡慶日落嗎？地球的神經末梢顏色鮮艷，而這些野鳥正是神經末梢的化身，夕陽催牠們動起來，對每一隻鳥灌注生命之仙蜜，牠們轉而將生命之仙蜜獻給人間，從每支鳥喙飄送而出，以獨特的音符放送。有些鳥天生歌喉悅耳，有些沒那份福氣，端賴個別鳥類的嘴型、喉型、胸部結構、腦神經作用；有些呱呱叫，有些婉轉動聽。

不知哪裡傳來某種聲音，問著：**你想不想回去？由你作主。你的肉身似乎還可挽回。**

我心想，不必了，謝謝，我已經受夠了。

我唯一的遺憾是媽媽。我希望有一天，在另一個世界，能有機會向她好好解釋，也許她聽了會以我爲榮，讓她隔了這麼多年後，能最後一次以我爲榮。

樹林另一邊，鳥群彷彿不約而同，從枝葉間陡然向上飛竄。我加入牠們，在牠們之間翱翔，牠們認不出我非牠族類。我很高興，好快樂，因爲多年來，這是我頭一次做出這決定，我始終沒殺過人，今生萬世也不會殺人。

聖誡

內部便箋

日期：四月六日

發送：員工

寄件人：陶德·本尼，科長

主旨：三月績效

我不願把這則便箋視爲一封懇求信，但各位也許會有這種感覺（！）。開門見山說，我們有工作要做，也默許參與了（上個月的薪水支票兌現沒？我知道我兌了，哈哈哈）。再進一步而言，我們也同意做好這一份工作。你知我知的是，把工作做得亂七八糟的方式之一，是抱著負面的心態去做。拿置物架打個比方好了，任務是整理置物架。如果在整理置物架之前，花一個鐘頭的時間去輕視、抱怨、煩惱這件任務，還探討這任務的道德優劣點，諸如此類的，結果呢，整理置物架的過程變得**比實際更困難**。我們都非常明白，整理「置物架」這一份工作，在現今的環境裡，若你們不做，就是換別人做做看，薪水歸他們領，所以這問題可以簡化爲：我是要高高興興整理，或是苦苦悶悶整理？對我而言，哪一種心態比較有效？哪一種心態能增進達成目標的效率？我的目標是什麼？領薪水。我怎麼增進達成這種目標的效率？好好整理置物架，身手要快。哪一種心態能幫助我好好整理置物架、兩三下完成？答案是負面心態嗎？各位非常明白，答案不是這個。所以，這則便箋的重點在於：正面心態。正面的心態有助於各位好好整理置物架，迅速整理置物架，進而達成領薪水的目標。

我想說的是什麼？建議大家上班吹口哨嗎？也許是吧。以鯨魚舉個例子好了。碰到一具笨重又沒生命跡象的鯨魚死屍，怎麼去搬？（原諒我用鯨魚比喻置物架，因爲我們剛從瑞斯敦島的別墅回來，在那邊碰到：一、很多髒亂的置物架；二、信不信由你，一條眞正的鯨魚腐屍。提米、凡斯和我也加入善後的工作。）言歸正傳，比方說，你和幾個同事奉命把沉甸甸的死鯨抬上卡車斗。很難，大家都知道。讓這件差事更難的是：抱著負面心態去做。提米、凡斯和我的心得是，即使心態不好不壞，這件事照樣非常難做。提米、凡斯和我，我們抱著不好不壞的心態，盡力去搬那條鯨魚，跟另外十幾個人合力，死鯨不動就是不動。後來，忽然跳出一個人，一個陸戰隊退伍軍人，他說，大家應該凝聚正確心態以克服難題，叫所有人圍成小圈圈，教我們喊一種隊呼。我們的精神被「抖擻起來」了。擴大上述的比喻而言，我們知道有工作要做，讓自己有點興奮，決心以正面心態去做事。那位海陸的痟型車上有幾條很粗的束帶，借我們用，大家一同把死鯨抬起來，那種感覺好玩啊，好好玩。我不得不說，和一群陌生人把死鯨魚腐屍抬進卡車斗，那種經驗是**整個渡假行程的最高潮**。

我想講的是什麼呢？我想講的是（講得很激動，因爲這事很重要）：可能的話，大家試試看，儘量把抱怨工作、自我疑慮降到最低程度。工作本身或許不是那麼宜人，大家有時難免鬧情緒，這我知道。我想說的是，我們做每一件事時，大家儘量不要在道德方面吹毛求疵，不要細究好／壞／漠不關心。細究的時刻老早就過了。我希望，在將近一年前，在整件事開始的時候，我們人人已和自己溝通過道德問題。既然已經踏上這條路，基於最中肯的理由（大家一年前決定過了），現在卻被神經兮兮的自我質疑擋路，前進不得，這豈不是有點像自殺嗎？你們有誰拿過大榔頭敲敲打打？我知道你們有幾人拿過。我知道，我們那天去幫瑞克打掉他家後院平臺時，你們有些人用過大榔頭。握著大榔頭，讓地心引力幫你，不顧一切捶下去，一直捶一直捶，感覺不是很棒嗎？各位，我想說的是，做我們這件工作時，讓地心引力幫助你：捶下去，屈服於油然而生的那股情緒。這種天然情緒能產生無限能量，我經常在你們許多人身上看到，見到你們執行任務時精力充沛，毫不自我質疑，全無神經兮兮的想法。去年十月，安迪不是破紀錄嗎？他那月的績效是平常的兩倍。拋開所有雜事，暫時忘掉一堆軟弱的念頭，不去管是對是錯，安迪的幹勁和精神不是很值得一看嗎？我認爲，如果大家深深自我反省，難道不會有點羨慕他嗎？天啊，他是眞的拼命捶呀捶。每次他匆匆經過我們，多拿幾條毛巾去擦乾淨，臉上的那股活力充沛的喜悅，你們看見了嗎？那時大家站著看呆了，心想，哇，安迪，你中邪了嗎？而他的績效是不爭的事實。數字掛在休息室裡，大家都看得到，遙遙領先我們其他人的成績。雖然十月至今，安迪一直不能如法炮製出同樣的績效，但是一、沒人怪他，因爲他那個月的數字是奇蹟，而且二、我相信，即使是安迪，他也無法再如法炮製出那種績效。即使如此，他一定在內心深處，依然偷偷懷念光輝十月精力泉湧的美好回憶。假如安迪自我驕縱，或是神經兮兮地懷抱疑慮，去年十月的績效能轟轟烈烈嗎？我很懷疑。當時安迪的表情十分專注，完全像是靈魂離身，從他臉上就看得出來。也許是因爲老婆剛生小孩吧？（果眞如此，珍妮絲應該每星期生一個，哈哈。）

總之，有了十月的績效，安迪等於是——至少在我心目中——進了有實無名的名人堂。上級——至少以我而言——在仔細視察績效的時候，他幾乎從此被排除在外。無論他的神情變得多麼落寞、自閉（我想大家都注意到，十月以後，他的確是變得滿落寞、自閉的），你們不會發現我密切督察他的績效，至於其他上司有沒有盯著他看，我不能講。其他上司或許發現安迪的績效掉得令人憂心吧，只不過我眞心希望他們不會一直盯安迪，因爲盯安迪不是很公道的做法。相信我，如果我聽見有人在盯他，我絕對會讓他知道。如果安迪憂鬱到聽不進去，我會直接打回家通知他老婆。

安迪這麼落寞的原因是什麼？據我猜測，原因是他神經兮兮的，事後懷疑自己在十月的行爲——

哇，那不是太可惜了嗎？豈不是雙輸嗎？安迪才在去年十月創新高，現在怎麼爲這事成天哇哇哭？安迪奉我的命令，進六號廳完成任務，現在成天哇哇哭，能哭垮去年十月的績效嗎？休息室裡的那些數字會因此奇蹟似地往下掉嗎？大家走出六號廳，會忽然又覺得若無其事嗎？不會，大家都知道。走出六號廳的人，沒有一個會覺得若無其事。即使是你們，即使是進六號廳埋頭苦幹的你們，走出來的時候也不會樂翻天，我知道。在六號廳裡，我當然也做過讓我開心不起來的事情，相信我，沒有人敢否認六號廳會搞壞心情，畢竟我們從事的是非常辛苦的工作。不過，賦予我們這些任務的上級似乎認爲，我們在六號廳裡的工作除了辛苦之外，也很重要，我懷疑正因如此，他們才開始密切關注我們的績效。相信我，如果你們想把六號廳裡的氣壓搞得更低，不妨在工作前後、工作期間儘量嘟噥，這樣可以把氣氛弄得讓人眞正受不了。嘟噥的另一個效應是，績效將會繼續探底。而你們的績效已經低得不能再低了。召開部會的時候，上級斬釘截鐵告訴我，我們的績效不能再往下掉了。我說（開會的時候氣氛那麼緊繃，沒膽子是不敢講這種話的，相信我）：講句公道話，這件工作很辛苦，我的部屬做得很累，身心都承受壓力。我講到這裡，相信我，全場沒人吭聲，靜得震耳欲聾。是眞的震耳欲聾喔。而我看見的表情都不是笑臉。修．布藍徹親口明確指示，提醒我，我們的績效不准再探底，他還叫我提醒各位——提醒我們所有人，包括我在內——如果沒辦法清理我們被分配到的「置物架」，他不但會另外找人進來打掃「置物架」，我們還有可能被擺到「置物架」上，變成「置物架」，讓別人對著我們從頭到腳施展樂觀勤勞的心態。果眞淪落到那種下場，我想各位能想見，到時候你們會多麼後悔，一定是滿臉悔恨。在六號廳，各位有時候也會看見「置物架」被「打掃」時的滿臉悔恨。因此，我打從心底要求各位，盡最大的能力，不要淪爲「置物架」，以免你的同事迫不得已，用盡所有的樂觀心態，在六號廳使勁打掃打掃打掃，不顧同事一場的情義。

這是開會時上級對我的耳提面命，現在我只是儘量闡述給各位聽。

囉哩囉唆這麼一大堆，好了。如果你們還有疑慮，想質疑我們做的事情，歡迎進來我的辦公室坐一坐，我可以請你們看看相片，見識一下我和兒子們秉持樂觀勤勞的心態抬起的那條巨無霸鯨魚。當然，你心存疑慮、來辦公室找我的這件事不會外流，不對外公開，不過，我相信，憑各位這些年來對我的認知，我講這句話是畫蛇添足了。

一切將相安無事，相安無事……

陶德

魯斯敦狂想曲

艾爾．魯斯敦站在紙屏風後面等。緊張嗎？對，是有一點點緊張。換成別人，大概比他更緊張。多數人到這地步，八成會尿溼褲襠。他呢，尿溼了嗎？還沒。不過，他倒是能體會為什麼有人居然會——

「大家一起來！」主持人吶喊。主持人是個金髮女子，有點像啦啦隊員，超齡紮著兩條辮子，不知為何假裝在慢跑，所以辮子甩來甩去。「我們今天來這裡，是想打擊毒品，還是什麼？對，打擊毒品！我們商業圈的人贊不贊成小孩嗑藥？絕對不贊成，反對到底！我們自己嗑不嗑藥？在場的小朋友們，相信我，我們不嗑藥，從來不吸毒！我是風水師，以我個人來說，專長是偵測能源磁場，如果被毒品衝昏頭，例如嗑快克、抽大麻，或者喝太多咖啡，磁場會變得亂七八糟。這種副作用我最清楚。相信我，因為我以前常抽菸！」

這是一場名為「在地名人」的義賣會，競標的是與名人共進午餐的機會。所謂的名人，全是頭腦不清楚、容易上當的商界人士，笨到被工商協會一問就答應。

「所以我們今天齊聚一堂，一起募款，贊助『笑破快克』基金會和他們的反毒小丑大隊！」金髮主持人大喊。「隊員之一是荒神先生，他在課堂上表演時，會把氣球先吹成快克管的造型，最後把氣球捏成棺材，我認爲太有道理了！」

董福瑞房地產的賴瑞．董福瑞站在我附近，只穿泳褲。董福瑞是個好人。好，但不是沒缺陷。他腦筋不是很靈光。常年一身古銅色。董福瑞有沒有魅力？帥嗎？競標民眾會不會認爲董福瑞比他艾爾．魯斯敦帥？唉，魯斯敦怎麼知道呢？難不成魯斯敦喜歡男生？男生帥不帥，他又不是專家。

魯斯敦不愛男生，從來沒心動過。

不過，初中倒是有個階段，魯斯敦有點擔心自己可能愛男生，摔角比賽時經常輸，因爲他無法專心制敵。他的心頭老是惦記著護襠裡面的東西。雞雞在痛，是因爲有硬起來的小前兆嗎？或是因爲龜頭戳進透氣孔了？有一次，和湯姆．里德練習摔角，他發現自己的臉貼在對方健壯的腹肌上，嗅到椰油味，幾乎確定有硬起來的小前兆。練習過後，他進樹林裡，爲這事煩惱，後來卻領悟，有時候，抱著貓咪曬太陽時，貓坐在他的鼠蹊上，他也會有類似的反應，這證明他對湯姆沒有性遐想，因爲他確定他對貓也沒有性遐想，因爲他根本沒聽過人類會對貓產生好感。想通了之後，每當他不禁懷疑自己愛男生，他總會想起那天林間頓悟的情景，事後腳步輕盈，心情豁然開朗，因爲他知道自己不受貓吸引，對男生更不可能有感覺。那天他邊散步邊踹翻沿途的蘑菇頭，心情無限的輕鬆。

某種音樂開始演奏，有一連串的沉重鼓聲，穿插著女性呻吟聲，聽起來像吱嘎響的門。賴瑞．董福瑞踏上伸展臺，現場轟然響起歡呼叫好聲。

怎麼會？魯斯敦心想。歡呼聲？叫好聲？會有人對我歡呼叫好嗎？他很懷疑。他穿著船夫的戲服，是個禿頭的胖子，誰會對他歡呼叫好？假如他是個女人，他會對董福瑞歡呼叫好，屁股緊實、古銅色臂肌起伏的董福瑞。

金髮主持人指向魯斯敦，做出原地踏步走的動作，暗示魯斯敦出場。

天啊，完了。天啊，完了。

魯斯敦從紙屏風後面走出來，步伐遲疑。沒人叫好。他開始踏上伸展臺。沒人歡呼。全場觀眾發出憋著笑的聲音。他試著展現性感的微笑，奈何嘴巴太乾。也許黃牙露出來了，牙齦萎縮的地方也露出來獻醜了。

在無情的聚光燈照射下，他愣住了，外表既脫線又蒼老淒涼，卻仍殘餘一絲傲慢，爲全場籠罩一股強烈窘迫的氣團。假如在非關慈善的場合，這種窘迫可能導致觀眾叫囂怒罵或亂扔東西，但在這場合，沙拉吧附近傳來一陣同情的呼聲。

魯斯敦掃去心中陰霾，朝呼聲的來處微微招手一下，如釋重負。由於這動作彆扭，不經意自曝內心的惶恐，引來觀眾的心疼，而這些人在幾秒之前正準備嘲弄他。另外有一人發出同情的呼聲，魯斯敦咧嘴笑開了，表情憨傻，引發一波慈善的叫好。

魯斯敦聽不出叫好聲裡含有慈悲心。歡呼叫好的分貝飆這麼高，應該伸展肌肉才對。他秀出肌肉，把歡呼叫好的音量再衝高一些，聽在他耳裡，他認為現在至少能和董福瑞的人氣打平。何況董福瑞簡直是裸體走秀啊。這表示，嚴格說來，他已經打敗董福瑞，因為董福瑞非剝光衣褲才有機會跟他打成平手。

哈哈，可憐的董福瑞！穿著小褲褲跑來跑去卻沒用。

主持人拿著補蝶網，罩住魯斯敦的頭，把他關進厚紙箱做的監獄，在董福瑞的牢籠旁邊。既然剛剛把董福瑞打得落花流水，現在他對董福瑞興起一陣好意。董福瑞是個好小子。他和董福瑞是本地商界的兩大棟樑。他對董福瑞的認識不深。只能遠遠仰慕董福瑞。就像董福瑞遠遠仰慕他一樣。有一天，董福瑞全家大小走進魯斯敦的店，憶往情迷。董福瑞的太太好標緻：美腿、蜂腰、長髮飄逸，讓人看著看著移不開視線。董福瑞的兩個小孩看起來也不錯，長相中性的他們像小精靈，正在辯論著什麼，大概是最高法院的沿革吧？

每個「名人」的厚紙箱監獄都有鐵窗。董福瑞這時走出監獄，走向魯斯敦。眞有風度啊。有王侯的氣度。想過來聊一聊。兩大棟樑私下聊什麼呢？觀眾肯定會嫉妒。抱歉了，各位，不能洩露，這是兩大棟樑之間的私事。鼓譟起鬨也沒用。

董福瑞的嘴巴在動，但音樂狂響著，而魯斯敦的耳朵重聽。

魯斯敦湊過去聽。

「我說啊，『艾德』，別太在意啊。」董福瑞喊著。「你剛剛的表現不錯。眞的。沒啥大不了的。事情過一個星期，不可能有人記得。」

什麼？什麼鬼話？董福瑞是什麼意思？嫌他表現太差勁？認爲他在全鎭面前害自己難堪？才不是。他的表現很勁爆。董福瑞剛才不在地球上嗎？或者嗑了藥？在反毒活動上嗑藥？還有，董福瑞剛才稱呼他艾德嗎？

臭小子董福瑞。假惺惺。勢利眼。怎麼會忘記董福瑞有這麼多缺點。他忘記董福瑞是個假惺惺的勢利眼。那次，董福瑞全家走進憶往情迷，立刻掉頭走出去，彷彿嫌棄魯斯敦的古董收藏品灰塵太厚，配不上董福瑞公館的擺設。他家眞的是山丘上的豪宅。董福瑞的太太也不漂亮，魯斯敦忽然老實承認了這點。她的膚色太蒼白，整體給人的感覺是沒血色又孤傲的逃家女。至於董福瑞的小孩——是不是他的骨肉還是一個疑問——魯斯敦覺得他們欠刷洗一頓，應該儘量減輕那種小精靈的味道。他們是男生還是女生？眞的無從分辨。

魯斯敦自己沒小孩。一生打光棍。不過，他倒是養了三個外甥。他們不是小精靈。正好相反（*Au contraire*）。他們是小精靈的反義詞。是醜靈嗎？或者像鄉下鬼孩子？不是，他們很棒。外甥們是徹頭徹尾的男生。如假包換。可能男孩味太重了。妹妹瑪姬爲何堅持帶他們去理那種頭髮呢？把他們三個理成同一種模樣，活像德國圓顱族，瀏海剪成一直線。魯斯敦不明白。每天晚上在地下室，三個男生哼哼哎哎地扭打成一團，罵對方是髒手王、吸屁機器人，直到其中一個一頭撞上金屬的東西，大家才一同把傷者扶上樓，淚水流過被打腫的臉頰，活像三個忽然悔改的納粹——

不是納粹。天啊。德國人。三個精力充沛的戰前德國男孩。各個是健康的小貝多芬。只不過，魯斯敦很懷疑，貝多芬小時候不可能這麼調皮。這三個小貝多芬一同上教堂。在哥哥弟弟的慫恿下，其中一個小貝多芬赤手拆掉長椅上擺祈禱書的架子，第三個小貝多芬則在讚美詩集上面驕傲地展示四個捏得緊密的鼻屎塔，是他剛從——

要怪就怪離婚。大人離婚，這三個男生才變壞。瑪姬的背景很令人難過。四年制的中學時代，艾爾是受歡迎的摔跤選手，瑪姬則是小胖妹，加入基督光社團，狂戀耶穌。他們在爸媽的農場上長大。不知爲什麼，長大後，只有瑪姬有農村味。高三，她開始和肯尼．葛倫約會。葛倫和她同樣像農人，耳朵大得像碟子。當時有人笑他們，結婚時該不會穿連身農裝當禮服吧？也有人開玩笑說，瑪姬和肯尼會在擠滿牲口的教堂辦婚事。世上最有可能白頭偕老的婚姻就是這樁：兩個長相平庸的基督徒農人。可惜，肯尼棄瑪姬而去，愛上另一個農夫的——

瑪姬的長相不平庸。她的思想簡單，帶有一種單純而樸實的——

她的五官分明。是個五官分明的女人。她——該有的東西都生在應有的地方。她言行舉止從容自在。在她飆罵兒子的時候例外。罵兒子時，她的臉糾結成一張紅色面具。在她那所極端嚴格的教會，離婚婦女只有她一人，她的挫折感之深可想而知。同樣可想而知她很尷尬：她被迫搬進哥哥家。她擔心哥哥哪天倒店了（現在看樣子是幾乎篤定），她勢必要輟學，再找第三份工作。昨晚，艾爾在廚房找到她。她從Costco輪完班，以廚房桌當書桌，攤在桌上的是社區學校的護士課程教科書，她則累得趴桌大睡。四十五歲當護士。這是個笑話。他明白大家會覺得這很可笑。只不過，他不覺得好笑。他覺得瑪姬值得欽佩。像董福瑞那種人，狗眼看人低，才會覺得好笑，才會看一眼瑪姬那身鬆垮的護士制服，就急忙把被慣壞的小精靈趕進那間大而無當的董福瑞豪宅。最近那棟豪宅登上那個什麼〈居家生活版〉——

唉，豪宅豪個頭啦。甘地家有傲視三州最大的室外彈跳床嗎？耶穌家有佔地三畝的遙控賽車場嗎？上面還有依比例塑造的山巒，更有一座晚上會大放光明的小村落。

魯斯敦的《聖經》裡可不是這樣。

哼。厚紙箱監獄現在擠滿了名人。怎麼會呢？顯然他錯過剛才幾人的走秀，漏看麥克斯修車行的麥克斯、牛排餐包屋的艾德・孛登、咖啡心境店那兩個高得像怪物的孿生嬉皮兄弟。

金髮主持人站著不出聲，頭低低的，彷彿正在汲取個人經驗，想把個人的內涵投射在接下來的演說，想讓全場摒息揪心，想一語說服全場她是最痛心疾首的一個。

「各位，最關鍵的時刻到了。」她柔聲說。「也就是競標會。無聲競標。假如沒有各位的支持，『笑破快克』不過是少數強烈反毒者的小圈子，成員不過是幾個在家奇裝異服的人。請各位寫下競標的數字，待會有人會過去收，得標者可以和自己競標到的名人一起吃午餐，並由名人請客。」

結束了嗎？

好像結束了。

可以溜走嗎？

彎腰低一點，是可以溜掉。

主持人繼續絮叨著，他彎腰落跑成功。

來到更衣區，他發現董福瑞的衣褲亂丟在椅子上：名牌打褶西裝褲，上等絲質襯衫。董福瑞的鑰匙串和皮夾掉在地上。

好端端的更衣區被搞成這樣，只有董福瑞會做這種事。

唉，何必爲了董福瑞生氣呢？董福瑞又沒招惹到我。董福瑞不過是講了一句話，想顯得友善嘛。發揮慈善心。把對方當成低他一等。

魯斯敦向前跨一步，踹他的皮夾一腳，哇，滑得好遠，飛進一疊疊看臺用的箱子底下。像冰上曲棍球。地上只剩鑰匙串，更凸顯皮夾不見的事實。糟糕。他可以辯解說，皮夾是被他不小心踢進下面的。也算是眞話。踢皮夾的動作其實不經大腦，只覺得想踢，腳就動了。他的個性就像這樣衝動。這是他的優點之一。所以他才頂下那間店。一間快倒的店。他踹鑰匙一腳。搞什麼？怎麼做出這種事？鑰匙串居然比皮夾更能跑。這下子，皮夾和鑰匙全進看臺箱底下。

哎喲，太不湊巧了。這麼一不留神，就把那些東西踢進下面去。

董福瑞衝進更衣區，大聲講著手機，用的是萬事通的語調。

她沒事啦，董福瑞吼叫著。很緊張，不過情緒很高。裝得很勇敢。不苟言笑。這孩子難能可貴啊。總是幫忙做家事，輪到她的日子，她把衣服搬到樓下，把垃圾桶拖到路邊。失眠一個星期了。太興奮了。她最期待的是什麼？體育課和同學一起跑步。想想看，從小歪腳，走路一跛一跛的，後來醫生終於發明矯正的方法。對啊，是很嚇人，沒錯，矯正器整個壞掉了，所以腳也變形。可憐的小孩等了這麼久。應該儘快回家接她，火速飆向醫院。這場拍賣會拖得太長，現在快遲到了。早知道就不來，可是這場拍賣會爲的是做大善事。

魯斯敦趕緊穿好衣服，離開更衣區。

天啊，董福瑞講的是什麼？看樣子，小精靈之一不是那麼完美——

小精靈之一有跛腳嗎？不記得。

唉，眞悲哀。小孩生病——兒童是未來的主人翁。魯斯敦願意不計代價幫助那小孩。假如外甥之一的腳長歪了，他就算上刀山、下油鍋，也要把小孩治好。甚至不惜搶銀行。假如病童是女生，情況更糟。參加舞會時，有誰肯邀一個內翻足或歪腳女跳舞？眼看著女兒坐在一旁，帶著拐杖，打扮得美美的，沒舞可跳。

數百片枯葉碎屑隨風掠過速食連鎖店烙餅王的停車場。一隻鳥站在擋車墩上，被直奔而來的樹葉嚇跑。可憐的葉子，永遠也追不上那隻鳥。

除非他擲石頭砸死那隻鳥，讓鳥屍留在停車場。感激萬分的葉子會擁他爲葉王。

哈哈。

他對準一堆枯葉，狠狠踹一腳。

可惡。好想哭。爲什麼？有什麼好哭？爲何這麼傷心？

他把車子駛過市區。他從小在這裡長大。河水的水位很高。小學新設了一座腳踏車架子。路過法蘭諾立養狗場時，一大批狗照例跳向圍牆。養狗場的隔壁是麥克希臘旋轉烤肉店。在魯斯敦還是苦悶七年級生時，媽曾帶他來麥克的店裡喝可樂。

「你有什麼困擾，艾爾？」媽問。

「同學都罵我愛發號施令，罵我肥豬。」他說，「而且還說我喜歡偷偷摸摸的。」

「這個嘛，艾爾。」她說：「你是愛發號施令，是胖了點。而且我猜，你人有時候也不夠光明磊落。不過，你知道自己另外有什麼特點嗎？你擁有所謂的道德勇氣。當你知道做什麼事才對時，你會不計代價去做。」

媽有時候很會瞎掰。有一次她說，看他直奔上樓的樣子，就知道他以後會成爲登山健將。有一次，他數學拿到B^+，她建議他以後當一個天文學家。

好老媽。總是讓兒子覺得自己很特別。

他的臉唰然火熱。他覺得媽正從天堂注視他，目光嚴厲卻帶挖苦，一如生前的模樣，彷彿說著：喂，是不是忘了一件事？

呃，那件事是意外。只是不小心陰錯陽差，把東西擺錯邊而已。用腳。一時興起，隨便亂踢。

媽的眼睛在天堂瞇成一條線。

誰叫他們欺負我，他說。

在天堂的媽用鞋的前跟蹬蹬地。

怎麼辦？回去帶他們去找鑰匙串？他們會知道是他幹的好事。更何況，董福瑞大概早就走掉了。說不定董福瑞的太太另有一串備用的鑰匙。只不過，董福瑞的太太不在更衣室。哼，總不可能沒人載董福瑞回家吧。白費力氣找鑰匙找不到，最後被載回家，因此遲到，只好替女兒另外喬時間——

可惡。

唉，又死不了人。不會有人爲了這事死掉。有啥了不起，小孩只需要再等幾個月就能——

魯斯敦把車開進一條鋪著白石的車道。他動動腦筋。一隻約克夏㹴衝向圍牆，煞有介事地吠叫，接著來了一隻雞。哈。一隻雞和一條約克夏㹴，住在同一個院子。兩隻動物並肩站，望著魯斯敦。

有了。

他想出對策了。

他可以偷偷回去，假裝沒走，大家忙著找皮夾和鑰匙，他可以陪他們找一陣子，等大家快死心時，他再說：你們大概找過看臺箱下面吧？

呃，沒有，董福瑞會說。

試試看無妨吧，魯斯敦建議。

找幾個人過來，一起搬開看臺箱，果然發現皮夾和鑰匙。

嘩，董福瑞會說。你好厲害。

魯斯敦會說，第六感而已啦。我只是在腦海逐一刪除其他可能而已。

董福瑞會說，不好意思，以前低估你了。改天請你來我們家坐坐。

去你們的豪宅？魯斯敦會說。

對了，艾爾。董福瑞會說，抱歉那次進你的店掉頭就走。太失禮了。對了，艾爾，對不起我剛才叫你艾德。

有嗎？魯斯敦會裝蒜。我根本沒注意到。

豪宅的晚餐會一切順利。不久，他簡直融入這一家人了，之後想來隨時可以造訪。太好了。能在豪宅裡閒晃眞好。改天應該帶外甥一起來。他們最好別摔破人家的東西。想摔角？去外面摔個夠。把朋友的豪宅撞個稀爛，那怎麼得了？他想像董福瑞的嬌妻爲了外甥打爛的東西而黯然神傷，癱進椅子，開始啜泣。

謝謝，小鬼們，太棒了，感激不盡。去外面吧。去外面，靜靜坐著。

大窗外的滿月高掛，他和董福瑞穿著燕尾服，董福瑞的嬌妻穿著低胸的金衣。

晚餐很豐盛，他說。你們家辦的晚餐都很豐盛。

只是我們的一點小心意啦，董福瑞說。那次我笨到找不到鑰匙，多虧你幫大忙。

哈哈，對。呃，那次嘛……魯斯敦說。

接著他全盤吐實，說出他不愼做錯事，良心發現，衝回去挽救。

太不可思議了！董福瑞說。

像你那樣衝回來，董福瑞的嬌妻說，沒勇氣的人可辦不到哩。

瑪姬也在。她來湊什麼熱鬧？算了，讓她坐一坐吧。瑪姬是個好人。聊天還算起勁。董福瑞夫婦會懂得欣賞她的優點。就像他們欣賞他的優點一樣。老媽在天之靈，如果看見子女終於受到上流人士的重視，終於被請進氣派的豪宅，她會多麼高興。

一陣突如其來的滿足聲震碎魯斯敦的遐思。

哈。

搞什麼？這裡是什麼地方？

約克夏㹴正在嗅那隻雞，雞似乎不介意。似乎沒留意到。雞的注意力集中在艾爾．魯斯敦身上。哼，想得美。那種事情會發生才怪。他會衝回更衣區才怪。那些人保證會看穿他的居心，會玩死他。大家老是看穿他的居心，然後玩死他。參加校隊的那段時間，他偷走寇克．戴斯納的外掛鏡片，被隊友識破，被隊友整死。他背著席薇劈腿，被席薇識破，接著她解除婚約，背著他劈腿查爾斯。查爾斯把他玩得很慘，大概是一生最慘的一次，而最近他似乎是連續被整，一次比一次更慘。

他把心思轉向老媽，照慣例，尋求愛的鼓勵。

媽說，什麼？痞子董福瑞一輩子沒犯過錯嗎？一輩子沒有不慎鑄成憾事嗎？你只犯了一個小錯，他竟敢替你貼標籤，罵你是混帳、小人、幼稚的惡棍？豈有此理。你該不會以為他一輩子從來不求人諒解吧？

大概沒吧，魯斯敦說。

怎麼可能沒有？媽說。艾爾，我對你最瞭解了，你全身上下沒有一顆卑鄙的細胞。你是艾爾・魯斯敦。別忘記。有時候你會認爲，自己好像有毛病，其實事後每次證明，你根本沒事。何必爲了這事自責而錯過此時此刻的美景？

媽的語調輕盈，在他的腦海爲他加油打氣。

他駛出白色車道。媽說的對。這世界充滿美景。這裡有一座拓荒時代的墓園，泛黃的墓碑東倒西歪。這裡有一間活生生的連鎖修車行Jiffy Lube。一團野鳥本來湊得緊緊的，現在呈直線飛行，然後降落在一棵遭雷擊的樹木的樹枝上。他知道，剛才腦海裡的聲音不是老媽在喊話。他只是想像媽會如何反應。誰知道媽會怎麼說？她的人生走到盡頭時，有時算是個老瘋婆。但他確實懷念老媽。

他又想起跛腳的女孩。那對父女會因此遲到，不得不擇期就醫。最早的空檔也排到幾個月以後。夜闌人靜時分，她伸手摸著歪腳，縱聲哀嚎。太可惜了，眼看就要——

胡思亂想什麼。別淨想一些負面的事。應該讓療癒的過程開始。大家都懂得這道理。應該愛自己。有什麼正面的事情可想？古董店。想想辦法改善它，把它整理得像模像樣，爲它灌注生命力。附設一座咖啡吧。剝掉那塊骯髒的舊地毯。想著想著，心情好轉了。人不能沒有歡樂。歡樂是人類的原動力。一旦古董店轉虧爲盈，他可以更上一層樓，把生意做大。每天早上，店門口排著幾條長龍。他想像自己推開人群前進，大家面帶微笑，拍拍他的背，問他，考不考慮競選鎮長？把古董店改造得這麼成功，接下來改造本鎮吧？哈哈，競選鎮長，應該很好玩吧。競選旗幟應該選什麼顏色？口號是什麼？

艾爾・魯斯敦，全民之友。

不錯。

艾爾・魯斯敦，尊爵不凡。

有點虛榮。

艾爾・魯斯敦像你，但比你想得更好。

哈哈。

店到了。沒人等著我開門。一張沾滿泥巴的防水布從廢車場飄來，貼在櫥窗上。廢車場對面是高架橋，流浪漢在橋下徘徊。這些流浪漢快毀了他的——

咦，他們好像比較喜歡「街友」的稱呼。忘記在哪裡讀過。「流浪漢」具有貶意？天啊，臉皮太厚了吧。一輩子不必幹活，到處偷窗臺上的派，竟敢大聲爭取權益？魯斯敦想走向一個街友，當面喊他流浪漢。誰說我不敢？那裡不就有一個該死的流浪漢？魯斯敦想走過去，揪住他的領子，對他說，喂，流浪漢，我的小生意快被你毀了，你害我兩個月繳不出店租。你八成是外國人，還不趕快滾回你——

有些乞丐拿著鬼畫符似的標語，走過他的店前，總令他恨得牙癢。起碼拼字也要拼對嘛。昨天，有個乞丐走過店前，標語寫著：請救助**游民**。魯斯敦多想開罵，喂，很遺憾你沒水可游！你們窩在高架橋下面，空閒那麼多，起碼也互相校對一下——

他停妥車子，腦筋異常空白。這裡是什麼地方？店。喔。鑰匙哪裡去了？繫在同樣那條又舊又醜的帶子，擺進口袋，老是掏不出來。

天啊，一想到開店進去，他就受不了。乾脆單獨坐在車上，坐掉一整個下午。開店做什麼？爲了什麼？爲了誰？

瑪姬。瑪姬和外甥仰賴著他。

他再坐一分鐘，深呼吸。

一個渾身齷齪的老人蹣跚而來，拖著一片厚紙板，想必是他的床。老人的牙齒醜如食屍鬼，眼睛溼而紅。魯斯敦想像自己跳下車，打倒老人，對老人踹了再踹，以這種方式爲他上寶貴的一課，教他如何守規矩。

老人對魯斯敦虛弱一笑，魯斯敦也給老人虛弱一笑。

森普立卡女孩日記

九月三日

因爲剛滿四十，決心從事一項大計畫，每天在這本黑皮書裡寫日記。黑皮書是我剛從OfficeMax文具連鎖店買的。想想就興奮，如果每天寫一頁，一年後就能累積三百六十五頁，能讓子子孫孫一窺上一代的生活，有曾孫的話更好，歡迎（！）大家一起翻閱，看看現在/過去日子是怎麼過的。不然怎知前幾代的日子怎麼過？從前的衣服是什麼味道？馬車會發出什麼聲音？晚上飛機從頭上飛過去，會是什麼聲音？後代知道嗎？未來飛機會不會絕跡？後代知道貓會在半夜打架嗎？後代有沒有發明藥物，讓貓不再打架？昨晚夢見兩隻惡魔在打炮，醒來發現其實是兩隻貓在窗外打架。後代會懂得「惡魔」的概念嗎？相信「惡魔」存在的這種思想會不會被後代笑？搞不好，連「窗戶」都消失了。即使像我這種大學畢業的高級知識份子，有時候也會夢到惡魔，醒來時渾身冷汗，相信床下可能躲著一隻惡魔，後代會不會覺得可笑？管它那麼多，反正又不打算寫百科全書。如果後代讀到這本日記，想知道「惡魔」是什麼，去查查資料吧，翻出一種叫做「百科全書」的東西，如果你們還找得到百科全書的話！

越扯越遠，累了，窗外有貓在打架。

每晚不論多累，寫個二十分鐘吧。

好了，後世萬代的子孫們，晚安。請記住，我和你們一樣是人，也呼吸空氣，快睡著時腿的肌肉還會緊繃。拿鉛筆寫字，有時會舉起來嗅一嗅。只不過，誰曉得呢？你們後代也許用雷射筆寫字？不過，大概連雷射筆也有某種氣味吧？未來人仍有嗅（雷射）筆的習慣嗎？算了，時間不早了，這些哲理越猜越遠。但本人在此立定決心，每夜至少書寫二十分鐘。（若後繼乏力時，可以想想看，持續一年下來可記錄多少供後世參考的資料！）

九月五日

糟糕。漏掉一天。忙壞了。概述一下昨天發生的事。昨天有點風波。去學校接小孩時，公園大道的保險桿脫落了。（提醒後代：公園大道＝一種車）我們的車不新。有點舊。有點鏽。依娃上車，問我「垃圾集錦」是什麼意思。就在這時，保險桿掉了。教歷史的任恩老師滿熱心的，替我們撿回保險桿（自我提醒：寫信請校長嘉獎他），說他的保險桿也掉過一次，那時候是個窮大學生。依娃哄我說，保險桿脫落沒關係啦。我回應說，當然沒關係，這種事常有，說發生就發生，絕對不是我造成的。三個乖小孩坐在後座，怯弱地握著橫壓擺在大腿上的保險桿，他們小臉上表情沉痛，這一幕景像停留在我腦海。依娃旁邊的窗戶開著，因爲保險桿太長，一端伸出車窗外，所以她今天流鼻水，而且保險桿有個地方很銳利，在她手上割出小傷口。任恩老師在伸出車窗的一端保險桿上綁上手帕，提醒行車注意，防止勾到別人的車。依娃說她擔心我們會忘記歸還手帕（呃，爹地，我們是不太謹慎的那種人），我說我怎麼看都不覺得我們是不謹慎的一家人。結果，當然，回家途中，手帕飛走了。

莉莉喜歡站在置高點發言，照例她說，什麼笨保險桿嘛，誰甩它？反正我們很快就能買新車了，等我們家發財，對不對？回到家，把保險桿放進車庫。車庫裡發現一隻不知是大老鼠還是小松鼠的屍體，一身蛆。我把大部份的鼠屍鏟進大垃圾袋。車庫地上留下鼠屍痕印，油污黏著幾簇毛。

站著抬頭看這棟房子，傷心。心想：爲什麼傷心？別傷心。傷心會害大家跟著傷心。高高興興走進門，別提保險桿的事，別提鼠屍痕和蛆，然後多給依娃一點冰淇淋，因爲我剛才的口氣太兇。

她是最乖的一個。心胸好寬大。她年幼時，有次發現院子死了一隻鳥，撿起來，放在鞦韆溜滑梯上，讓鳥能「看見他家人」。我把舊搖椅扔掉時，她哭了，聲稱搖椅告訴她，它想在地下室渡過餘生。

從現在開始應該再加強！對小孩再親切一點。過短短幾年，他們長大以後，假如只記得老爸開著爛車、動不動發脾氣，那才悲哀。

必做事項：計算支票簿的收支。在公園大道貼上檢測通過的標籤。更換保險桿。（自我提醒：想貼檢測標籤，非換保險桿不可嗎？）把鼠屍印刷洗乾淨，好讓小孩能在夏天進車庫表演話劇。

應做事項：打掃地下室。（最近一陣雨導致一場迷你水患，泡爛了爲耶誕節而囤積的紙箱和郵購文具。天竺鼠的籠子也漂來漂去。現在移到洗衣機上面。洗衣服時，記得暫時把籠子放回水裡。）

我何時方有餘裕／財富，足以讓我安坐乾草束上望月升，足以讓家人在富庶的豪宅裡安眠？若有那麼一天，我將有機會深深反省人生之意義等等。我一向有預感，包括這在內的好事總有一天會降臨我們家！

九月六日

今天莉莉的朋友萊絲里．托理尼在她家辦慶生會，我情緒低落。

美國獨立戰爭期間有個法國貴族參戰，姓拉法葉，曾經在托理尼家這棟巨宅裡過夜。托理尼帶我們參觀那間臥房：現在改裝成他們的「玩樂書苑」。液晶電視、彈珠遊戲檯、腳底按摩器。三十畝，六間屋外屋（他們稱車庫爲「屋外屋」）：法拉利（三輛）、保時捷（兩輛，屋主正在改裝另一輛）、還有一座全家（！）正在合力整修的古董旋轉木馬。放養鱒魚的小溪上，有一座東方風格的紅色小橋，從中國空運而來，遺有某某朝代留下的馬蹄印。在史坦路旁的前廳裡，另有一個留在石膏上的馬蹄印，朝代更久遠，框在另一座木橋上。巨大的桃花心木櫃展示畢卡索的親筆簽名、迪士尼的親筆簽名，還有黑白片最佳女主角葛麗泰·嘉寶穿過的洋裝。

菜園由一個名叫卡爾的園丁照料。

莉莉：哇，這菜園比我們家院子大十倍。

花園則由另一人照料，奇怪的是，這人也叫卡爾。

莉莉：想不想住這裡？

我：莉莉，哈哈，不呃……

潘姆（我老婆，非常貼心，是我今生最愛！）：什麼？她講錯什麼話了？你不想嗎？你不希望住這裡？我好想住這裡。

房子前面有一片浩瀚的草坪，站著一群我見過最大群的森普立卡女孩，全穿著白罩衫，隨風輕飄著。莉莉說：可以靠近看嗎？

她的朋友萊絲里說：可以，不過我們通常不會這麼做。

萊絲里的母親圍著印尼沙龍：我們不會，因爲已經看過許多次了。親愛的，妳也許想近看吧？也許妳覺得很新鮮吧？

莉莉羞怯說：對，是的。

萊絲里的媽：去吧，盡情地看。

莉莉拔腿跑。

萊絲里的媽對依娃說：妳呢，親愛的？

依娃怯生生挨著我的腿，搖頭拒絕。

就在這個當兒，萊絲里的父親（艾米特）走過來，握著一支剛上好漆的馬腿，是旋轉木馬的腿。他說晚餐時間到了，希望大家喜歡吃旗魚。魚肉很新鮮，是從瓜地馬拉空運來的，以一種稀有的香料烹製。這種香料只在緬甸的一小區種植，得靠賄賂才偷渡得出來。另外，爲了確保旗魚的鮮度，他不得不設計打造一個保鮮櫃。

萊絲里的媽說，小孩可以再等一下，待會兒在樹屋裡吃。我們買了特製的桌組。我們在俄國住過，樹屋裡原有的桌組是從俄國家裡搬來的，非常不錯，嫌舊了點。此外，燭臺太古老了。古老到十八世紀俄國羅曼諾夫王朝那麼老。

上星期，我們才把電線接上去，艾米特說。

他指向樹屋。這間樹屋漆成維多利亞時代風格，有個山形屋頂，一支望遠鏡探出來，另外有個小面板，看起來像吸收太陽能用的。

湯瑪斯：哇，那間樹屋有比我們家大一倍。

潘姆（講悄悄話）：不要加上「有」。

我：喔，哈哈，他想講什麼，隨他講吧，我們別——

湯瑪斯：那間樹屋比我們家大一倍。

（湯瑪斯照例又誇大其詞了：樹屋才沒有我們家的兩倍大。大概是我們家的三分之一。話雖這麼說，對啦，這間樹屋是很大。）

我們送的生日禮物不是最爛的一個。雖然有可能是最便宜的（有人送一臺迷你DVD播放機，有人送眞木乃伊（！）的一撮頭髮），但依我看來，我們送的禮物最窩心。因爲在我看來，萊絲里（明顯對木乃伊頭髮感到失望，而且她說出她早已經有一撮！）見到我們的禮物如此單純，似乎很感動。我們買這份禮物時，雖然不認爲這種紙娃娃很俗氣，萊絲里的媽媽見了卻說，小萊，快看這個，很俗氣吧，妳喜歡嗎？我聽了心想：對啦，嗯，也許是俗氣，也許我們就是故意送俗氣的禮物。她的話緩衝了下個禮物帶來的震撼。下一個禮物是普利克內斯賽馬會（！）的入場券，因爲萊絲里最近迷上馬，開始早起餵他們家養的九匹馬。之前養了六隻美洲駝，她一概拒絕餵牠們。

萊絲里的媽：結果呢，餵美洲駝的任務掉在誰身上，猜猜看？

萊絲里（尖聲）：媽，妳忘記了嗎？那陣子我天天要上瑜珈課。

萊絲里的媽：不過呢，老實說，她放學後得去上瑜珈課的那幾天，換我來餵也是一種福氣，讓我有機會重新認識美洲駝是多麼棒的動物。

萊絲里：那我每天都上瑜珈吧？

萊絲里的媽：我猜，家長只能信任小孩吧，信任他們對生命的潛在興趣最後能戰勝惰性，不是嗎？就像現在萊絲里開始養馬。天啊，她好愛牠們。

萊絲里：牠們好棒。

潘姆：我們家小孩嘛，叫他們去前院撿毛寶拉的東西，根本叫不動。

萊絲里的媽：毛寶是……？

我：狗。

萊絲里的媽：哈哈，對，是啊，什麼東西都會拉屎，就是說嘛。

話這麼說，我們家院子狗屎老撿不乾淨是事實，即使最近排好了輪值表，照樣沒起色。我不喜歡老婆對全世界廣播這件事，把小孩講成除了服裝比不上萊絲里之外，也缺乏責任心。她把狗講成不完美的寵物，比不上美洲駝、馬、鸚鵡（樓上走廊有一隻鸚鵡，我去小便時經過牠，聽見牠用法文說「晚安」）等等。

晚餐後，和艾米特在院子散步。他是外科醫生，每週兩天開腦替病人嵌入什麼小型電子裝置。

或者是生科儀表吧？反正非常小。好像一個針頭上面可以放幾百個？或者是一毛的硬幣上可以放幾百個？有聽，不完全懂。他問我從事什麼工作。我告訴他。他說，呃，嗯，我們的文化要求有些人從事很古怪的工作，既貶損他們自己的人格，又對社會其他人沒有實質的好處，怎麼能指望這些人抬頭挺胸呢？

想不出回應。（自我提醒：想出一個回應，寫在卡片上寄去，以此和艾米特建立友誼？）

回到豪宅，坐在特製的觀星平臺上，看著星星露臉。我們家小孩看得出神，彷彿我們家附近看不到星星似的。我說，怎麼？我們家附近沒星星嗎？沒回應。沒有人吭聲。其實，這裡的星星確實比較亮。觀星平臺上，我喝了太多酒，忽然覺得講什麼話都顯得蠢，於是閉嘴，成了木頭人似的。

潘姆開車載全家回去，酒醉的我悶悶不樂，坐在公園大道的副駕駛座，小孩七嘴八舌地稱讚慶生會多麼好玩，最讚不絕口的是莉莉。湯瑪斯覆誦一堆關於美洲駝的無聊數據，是艾米特告訴他的。

莉莉：我好想趕快過生日。我的慶生會在兩個星期以後，對不對？

潘姆：妳想怎麼慶生，糖糖？

車內無言許久。

最後莉莉以悲傷的語調：喔，我不曉得。隨便吧，我想。

車子開到家了。見自家院子空盪盪，又一陣無語。院子裡多半是馬唐草，沒有紅色東方橋，沒有古代馬蹄印，沒有屋外屋，一個森普立卡女孩也沒，只有差點被我們忘記的毛寶。牠和往常一樣，繞著樹轉了好幾圈，狗繩越縮越短，害牠幾乎被勒死。基本上毛寶呈仰臥姿勢固定在地上，見我們回家，以乞求的目光望向我們，神情絕望，也帶有蓄勢待發的怒火。

解開狗繩，牠兇巴巴瞪我一眼，在極靠近門廊的地方拉屎。

等著看小孩會不會主動去掃屎。沒有。小孩只是有氣無力走過去，疲憊地站在前門邊。然後我明瞭，應該主動去掃屎的人是我。但我也累了，只想進屋子裡寫這本蠢日記。

我不太喜歡有錢人，因爲他們讓我們這些窮人覺得自己既傻又無能。並不是說我們家窮。應該說是中等。我們非常非常幸運。我知道。話說回來，有錢人不應該讓我們這些中等家庭覺得自己既傻又無能。

寫日記時仍醉，時間不早了，明天是星期一，要上班。

上班上班上班。笨班。討厭上班。

晚安。

九月七日

剛讀昨天的日記，應該澄清一下。

我不是討厭上班。上班是一種特權。我不恨有錢人。我自己也立志賺大錢。總有一日我們家會弄到小橋、鱒魚、樹屋、森普立卡女孩等等，至少是我們親手打拚賺來的錢，不像托理尼家那種人，一定是繼承世家的錢。

今天上班時，午餐期間辦賞秋會，大家下樓去，大概有一千人，魚貫而出。三人組的小樂團演奏著。有人發送橙黃色的小旗子，上面印著賞秋會的字樣。不久小旗子被扔得滿地都是。人造河貫穿中庭，許多混蛋把小旗子扔進人造河，阻塞河道尾端的過濾器，維修工人的後口袋塞滿小旗子，走來走去，神情不悅，拿著碼尺，盡力把卡進過濾器裡的小旗子拉出來。

賞秋會上照例又供應這種乾扁小三明治。等我們這群人下來時，許多三明治已經掉在自助餐桌周圍的地上，三明治上還有腳跟印。

我趕緊去路邊坐下，匆匆吃著三明治。

坐著想依娃。好乖巧的女兒。昨晚，慶生會過後，發現她在臥房裡難過。問她爲什麼。她說沒有爲什麼。但在素描簿上：蠟筆畫著一排傷心的森普立卡女孩。看得出她把她們畫得哀傷，她們皺眉的神態像極了滿清中國佬，淚水呈弧形滴下，落地之處鮮花朵朵開。（自我提醒：開導她，解釋說她們不痛，她們不但不傷心，反而很快樂，因爲這比她們先前的環境好很多，而且她們是自願的，樂意的，等等。）

聽見國家廣播電臺的報導，很感動，內容是一個孟加拉來的森普立卡女孩寄錢回家，爸媽因此能蓋一間小茅屋。（自我提醒：上網下載這個報導，播放給依娃聽。首先修理電腦。電腦超慢。因爲記憶體不足？移除遊戲「孬種馬戲團」有效嗎？程式中的空中飛人停停動動的。記憶體不足加上大象跳不起來等於遊戲不好玩。）

轉眼快下午一點了，我們回去上班。在電梯裡，有些人仍拿著乾扁小三明治，所有男人紅著臉、繫著領帶，揶揄著賞秋賞夠了，秋已逝了等等，興沖沖講了一堆傻話，好像在爭奪「傻言獎」的頭籌，講完後，各自在心中回味剛才講的東西，頓時一片尷尬無語。

隨後，有一小段時間，大家分別往上偷瞄，看著電梯天花板的鏡子映照禿頭，以瞭解「從上面看我們的景象如何。」

安德斯說：鳥看見我，一定認爲我很怪。

沒人笑，大家只隨便發出聲響，塡補沒人笑的空檔，免得安德斯難過，因爲他母親最近才過世。

九月八日

去伍德克利夫鎭散步，走了很久，剛剛回家。

在那裡家家戶戶中，和我同年齡的男人坐在大椅子裡，開著富麗堂皇的檯燈，閱讀書報。我的大椅子在哪裡？檯燈呢？沒有大椅子，沒有富麗堂皇的檯燈，沒有滿面牆壁的書架。我們家牆壁掛的畫怎麼那麼遜？只有一幅在平價百貨Target買的古董車畫，以及在自己舊貨拍賣會買的一幅通俗畫，主題是坐落在海灘的摩天輪。我們是哪裡做錯了？我們家爲何沒有名貴的簽名裱框原版美術品？（自我提醒：結交青年藝術工作者？請年輕的畫手過來坐，受到我們家的美滿幸福感染，他們會主動免費爲我們畫張全家福？可是，畫框還是貴。也許藝術工作者來我們家以後太感動了，畫好之後會自行附框，畫框成了贈禮的一部分？）奢華是伍德克利夫鎮的代名詞。花圃美不勝收，入夜之後雪松製成的覆地物芬芳撲鼻，月光照亮草坪上的快艇。隆費洛街和普帝巷的交叉口有一大棟房子，屋頂有砲塔，在那棟房屋後面有片斜坡，向下兩百碼的地面是一片完美的草地，而草地上空懸掛著十五個（我數過）森普立卡女孩，默默掛在黑暗中，月光照亮白色罩衫。令人摒息。颳風了，她們以小斜角飄起，衣服和頭髮（烏黑的長髮飄逸）也呈同樣的斜角。不可思議的花卉（鬱金香、玫瑰、鮮橙色的不知名花、長梗的小花群）隨風顫抖，傳送紙張互相摩擦的聲音。長笛音樂自屋內飄出來。不禁讓人聯想起古代富人建造大庭園，擁攬自然美景爲樂，在裡面一邊漫遊，一邊滔滔不絕論述哲理等等。

風停了，所有東西回歸垂直狀態。一陣聲音從草坪另一邊傳來：輕嘆聲，嚅嚅喃喃的外語。也許是互道晚安？也許，換成我們的慣用語是：哇咧，那陣風好強！

差點走下去看個仔細，說不定跟她們講講話，但在最後關頭喊停，心想：咦，擅闖私人土地，不好。

站著看，邊想邊祈禱：主啊，多賜予我們一些。賜予我們足夠的東西。助我們不要落後同儕。應該是說，助我們不要更加落後同儕。這是爲了孩子著想。不希望我們落後其他人一大截的現實在孩子幼小的心靈留下瘡疤。

我別無所求。

狗開始吠，從兩個森普立卡女孩中間衝出，其中一個嚇得小小尖叫一聲。幸好有狗繩，狗被勒住。

屋內傳來：安靜，布朗尼！布朗尼，鎭靜！

躲在樹蔭聽見這段話，我急忙走掉。

九月十二日

離莉莉的生日九天。有點怕。壓力太大。不想把慶生會搞砸。問題何在？可能因爲自己過十三歲生日那天出事吧？肯尼・崔茲涅克騎馬時摔下來，差點癱瘓？而且蛋糕有餿味。凱特・甫列斯倫被蛇嚇到，蛇被爸拿鋤頭打死，血肉橫飛，濺到凱特的小洋裝。也許這種生日前的焦慮完全正常，是所有家長都有的現象？

問過莉莉，要她提出一份生日禮物願望表。今天回家，看見一份信封，外面註明：禮物心願表。信封裡面有從購物型錄剪下來的一些商品：「休眠猛獸」，一對溫馴的貓科叢林猛獸（至少目前是！），躺在花樣繁複的飾枕上，但牠們的野性不容輕忽。面向左的印度豹：三百五十元。面向右的老虎：三百二十五元。另外以便利貼說明：爸，第二心願是「姐爲妹朗讀」瓷偶，出自內華達州藝術家丹妮之手，喚回童年時光，勾起大家共有的「講故事時間」之樂趣與溫馨。小姐姐與小妹妹在磨光石上閱讀：二百八十元。

我覺得氣餒。一、爲什麼十二歲小女生要這種老太婆的禮物？二、誰對十二歲小女生灌輸「三百美元等於生日禮物的合理價格」這種觀念？以我們這一代而言，生日禮物是一件上衣，一件我們不要的上衣，通常是自製的。有一年收到一顆籃球，彈性太強，那顆美籃協型的籃球，塗著藍、白、紅色，而且不知爲什麼，上面畫著小丑。這顆球落地時，反彈的高度比正常籃球高兩英呎，朋友都說是我的「跳跳蛋」。用頭髮想也知道，不到三百元。相信媽是拿香皀折價券去買的。送到我手上時，籃球用自製上衣包住，其中一隻手的長袖子垂著。然後媽催我穿上袖子過長的上衣，出去「秀給大家看」。大家對我拍照，我試著運球，朋友艾爾拉著上衣的長袖子，好像在說：哇，袖子好長。洗出來的相片上，球蹦出畫面，只隱約看得見最底下的曲線，像月亮，克理斯抬頭看球，表情詫異／縮頭。

話說回來，我不想傷莉莉的心，也不想嚴詞提醒她我們家境窘困。不知對她嚴辭提醒過幾百遍，只有天曉得，她也聽厭了。老師指派「我家院子」的作業，萊絲里．托理尼繳的是東方小橋的相片，附帶森普立卡女孩的個人背景資料（產地、年齡等等），「全班所有同學都有」。莉莉繳的是一個一九四〇年代的保險套包裝盒。去年在院子墾地種菜，後來沒成功，當時挖出這麼一個盒子。叫她帶保險套盒去充數，或許是失策吧？我的出發點是，那盒子算是古物，應該很合適，況且也許很多人不會發現盒子是保險套盒。可惜被老師發現了，而且當著課堂指出，同學們大驚小怪，老師趕緊機會教育，討論安全性行爲，學生有所收穫，但對莉莉的心靈也許不太好。

至於慶生會，莉莉說她寧願不要辦。我問爲什麼，她說，喔，沒有原因啦。我說，是不是因爲我們家的房子、院子？因爲房子小，院子空盪盪，妳怕慶生會辦得無聊，怕丟臉？

她聽了飆淚說，唉，爹地。

其實，一個瓷偶也許不算太破費。「我家院子」繳作業那天，她放學回家，嘆著氣，把保險套盒丟在桌上。看在她那天滿臉悲哀，生日值得花大錢寵她一下。

也許買「姐爲妹朗讀」的瓷偶送她吧，因爲是最便宜的一個？只不過，送最便宜的，會不會對小孩傳達不良的訊號？暗示家長在盡力慷慨的同時又摳摳省省的。也許最好還是豁出去吧。買那對「休眠猛獸」？

刷信用卡買那隻印度豹，希望她又驚又喜？

九月十四日

今天觀察梅爾．睿登。他表現還好。我表現還好。他犯了幾個小錯，全被我揪出來。在「回收」的工作上，他犯了一個錯：拉環罐丟錯垃圾桶。他犯的是人體工學的錯，拉環罐進錯垃圾桶因爲他遠遠亂投沒進，只好站起來再投一次。接著再犯第二個人體工學的錯誤：撿罐時未採蹲姿，而是彎腰撿拾再投，徒增腰部扭傷的風險。梅爾在我的觀察報告上簽名，然後叫我重新觀察。非常明智。之後不再犯錯。不朝垃圾桶投罐了。不再犯人體工學的錯誤，只是在辦公桌前坐得直挺挺，好讓我把這現象附加進他的資料裡。絕交之後仍是朋友。

女兒的生日只剩一星期。

自我提醒：訂購印度豹。

可惜事情沒這麼單純。最近信用卡出了一些狀況。刷爆了。超出額度了。全家去「你家義式廚房」吃晚餐，刷不動信用卡，才發現不對。把潘姆和小孩留在餐廳，面帶燦爛的假笑，我快步走出店門，開車去找提款機。恐怖的一刻是提款機退我卡。附近有個酒鬼說，提款機壞了，指點我去找另一臺，我開車經過他，對他友善揮揮手，他以中指回敬。第二臺提款機，謝天謝地，沒有故障，沒有退我的卡。

喘著氣回餐廳，發現潘姆正在喝第三杯咖啡，小孩坐不住椅子，拿著銅板猛敲水族箱，服務生一臉不高興。我付了現金，多賞一點小費表示歉意。考慮收走小孩手上的硬幣（！）。儘管如此，整體算是美好的一夜。眞的很開心。小孩本來滿守規矩的，後來才大鬧水族箱。但問題仍在，信用卡刷爆了。美國運通卡也爆，發現卡也瀕臨刷爆。打給發現卡，可用額度二百元。假設從支票帳戶轉二百元過來（等薪水支票進帳），發現卡的額度就提高到四百元，這樣就能買印度豹。但是，時間上有問題。目前，支票帳戶的結餘是零。所以要先等薪水支票來，第一時間把支票存進帳戶，希望支票能儘早兌現存入。然後，從繳費通知書裡挑幾份總額二百元的帳單，不付。延期繳款。

近來手頭有點緊。

提醒將來的後代：在我們這時代，有一種東西叫做信用卡，發卡公司借錢給你，你還錢時連帶繳高利貸。想做事卻沒錢（例如購買昂貴的印度豹）的時候，一卡在手眞便利。未來世界的你過著安穩的日子，可能會說：負擔不起，乾脆不買就好了嘛？你說得倒容易！你沒有在我們的時代生活過，也沒小孩，沒有你疼愛的小孩，沒碰過別人家寵小孩的狀況，例如曼西尼家帶小孩去法國尼斯做古蹟巡禮，或是蓋瑞・金德帶著古銅色美少年兒子拜倫，去巴哈馬群島渡假三星期，潛探古沉船。

客觀環境的窘困令人喪氣。

我想做的事、想體驗的生活、想給孩子的東西太多了。歲月如梭，小孩一日大一吋，不趁現在，還能等到何時？什麼時候才能給小孩厚禮，讓小孩體驗慷慨？從沒去過夏威夷，從沒玩過水上拖曳傘，從沒在海濱咖啡廳吃過午餐，戴著一時興起而買的大軟草帽。因此我擔心，在窮苦的環境長大，孩子會不會變得事事過於謹愼？不是說我們家的小孩窮苦。話說回來，有些事物確實是可望而不可求。如果礙於家境窮苦，把小孩教養得太謹愼，小孩出社會以後，會不會被社會吞噬？想買大箱子，裝飾成寶藏箱，埋進地下，製作地圖，埋藏地圖，暗中把小孩引向藏地圖的地點。然後，等他們找到地圖，對他們說：荒唐，不要做大夢，謹愼爲重，節儉爲重，這世界是殘酷無情的。如果他們堅持去尋寶，挖出寶藏，不等於是爲他們上寶貴的一課，教他們堅持理念到底？問題是，從何做起？哪裡去弄這樣的箱子？箱裡可以擺什麼不是太貴的東西？這麼大的一個洞，怎麼挖？什麼時候挖？週休二日總是忙。假如有多一點錢，可以請女傭，請園丁，讓我有空去找箱子，裝滿箱子，埋箱子。或者，我填滿箱子以後，可以叫園丁去埋。或者叫女傭去塡箱子。可是，哪來的錢請園丁、女傭？哪有錢買藏寶箱、寶物？甚至沒錢買那種增添地圖古味的工具組。

話雖這麼說，痛快的一仗還是非打不可！想想看老爸。媽離爸而去以後，爸照常去上班，被裁員以後，改去送報。報社裁員後，他改走低薪路線送報。苦熬一段時日，原本的路線又歸他送。在爸死之前，他的工作幾乎跟最初被裁員時的工作一樣好。被降級去低薪路線送報的期間，他累積不少債務，後來也償清了大半。

自我提醒：去幫老爸掃墓。帶花去。跟爸談談往事，例如我在他送報期間罵他的一些話。那時我在畢業舞會租不起燕尾服，只好穿爸的舊燕尾服，而他比我大一號。儘管如此，沒必要對他無禮。比我高整整三十公分，又不是他的錯。畢業舞會時，我就穿他的衣服，褲腳拖地，遮住我向爸借來的鞋子。皮鞋很窄，因爲爸雖然高，腳丫卻很嬌小。

爸是好人。畢生爲我們辛勞，對我們不離不棄，總是帶糖果回家，即使是在低薪路線送報的早期也一樣。

九月十五日

可惡。計畫行不通。沒辦法及時把支票轉進發現卡。支票入帳要等幾天。

印度豹沒望了。

必須動動腦，買其他禮物送莉莉，在廚房辦個只限家人參加的小型慶生會。或者，效法我媽的做法，買不起禮物時，畫個圖，當成禮物包起來，裡面加一張紙條，答應來日送這項禮物。但是，自我提醒：不要效法老媽另外做的那種事——小孩拿著圖畫想兌現時，卻見媽翻翻白眼，假裝好氣又好笑，問小孩說，你以爲錢長在樹上？

不行。莉莉拿著兌換券找我時，我想闊綽一下，讓她驚喜，帶她去全鎮最棒的地方吃一頓風風光光的午餐，打扮得美美的，餐廳老闆會走過來，以法國腔說，「喔，原來今天是妳的大日子啊。」莉莉聽了臉紅（自我提醒：學法文「是的，今天是她的生日」怎麼說）。吃完午餐，我們去逛街買瓷偶。爲了讓她驚喜，我會送她不只一個，而是兩個瓷偶。更慷慨的是，送她更貴的，而不是型錄裡面那種低級品。

自我提醒：找那張印度豹的廣告，把相片剪下來，當成兌換券。本來擺在小桌上，後來找不到了。可能接電話時，被拿去寫留言？可能貓吐東西，被拿去擦地了？

自我提醒：研究全鎮最棒的餐廳是哪一家。

可憐的莉莉。小不點的時候，頭戴著漢堡王的后冠，甜美的小臉充滿希望，現在呢？當時她不知道今生無緣當公主，只有當窮人家女孩的命。有點窮的女孩。不是最富裕的女孩。

不辦慶生會，不送禮物。可能連印度豹相片兌換券都沒。可以動手畫一隻印度豹，但可能被她誤認禮物是駱駝。駱駝也落空。我不是畫畫達人。哈哈！一定要保持情緒高昂。笑是最有效的良方。

我相信，總有一天夢想會成眞。只是，哪一天呢？爲什麼不現在成眞？爲什麼？

連續三天，頭痛得要命。

九月二十日

好久沒寫，不好意思！

哇！太忙又太快樂了，沒空寫日記！

星期五這天太不可思議！連寫也不必寫下來，因爲我一輩子也難忘那麼美好的一天！但爲了後代，還是寫下來吧。要讓他們知道，世上眞的有好運和快樂，而且有可能發生！在美國，在我這年代，我希望他們知道，天下沒有不可能的事！

看到我在前一則日記寫下：爲什麼不現在成眞？感覺很怪，因爲，**果然！夢想成眞了！**

哇哇哇。我只能這樣喊。我以前不是寫過，我午餐時總跑去買刮刮樂嗎？寫過嗎？也許沒有？不管了，星期五那天，我刮中一萬美元！！每星期五下班，爲了犒賞自己一週的辛勞，我會進家附近的店，買花生醬夾心的糖果棒獎勵自己，順便買刮刮樂。有時候，如果這星期特別辛苦，我會請自己吃兩支糖果棒。有時候，如果眞的非常非常辛苦，那就吃三支糖果棒。但是如果買三支糖果棒，就不買刮刮樂。不過，星期五，我刮中了一萬！！刮刮樂！手裡的兩支糖果棒掉地上，嘴巴合不攏，拿著用來刮彩券的一毛硬幣，一時被沖昏頭，撞歪雜誌架。店員接下刮刮樂，看了一下，說：「贏家！」店員走過來，把雜誌架扶正，和我握手。

然後說，彩金的支票這星期會寄到府上，一萬。

跑步回家，車子被忘記。衝回店，想去開車，跑到一半又心想，管它的，跑回家再說。潘姆衝出來問，車子呢？我拿刮刮樂給她看，她愣在院子裡。

我們是有錢人了嗎？湯瑪斯衝出來說，抓著狗項圈，拖著毛寶跑。

不是有錢，潘姆說。

比較有錢，我說。

比較有錢，潘姆說。哇塞。

接著，大家在院子裡跳舞，毛寶對突如其來的舞蹈嚇呆了，然後自己也跳起舞來，追著自己的尾巴跑。

接著，當然要決定怎麼用這筆錢。那天夜裡，躺在床上，潘姆說，繳清一部分信用卡帳單吧？我的感覺是，是啊，可以。但總覺得不是那麼爽，而她似乎也不認爲這樣做很爽。

潘姆：莉莉的生日快到了，好好辦個慶生會吧。

我：我完全贊成，好！

潘姆：最近她心情眞的很差，讓她開心一下也好。

我：就這麼說定囉。

因爲莉莉是我們的頭胎，對她特別心軟。與其說心軟，倒不如說是老爲她窮擔心。

於是我們構思出一套詭計，然後執行計畫。

計畫是：去綠道園藝公司，請他們替院子全新改造一番，包括十叢玫瑰花＋雪松步道＋池塘＋小按摩浴缸＋四個森普立卡女孩擺飾！最開心的是，多久能完成呢？可不可以祕密施工？綠道說，加價就能趁小孩上學期間一天完工。（自我提醒：寫信向綠道公司稱讚員工梅蘭妮，她是超棒的顧問。）

第二步驟是，暗中寄送邀請函，預定在造景完工的當天晚上舉辦驚喜慶生會，也就是明晚，也就是上星期一直沒寫日記的原因，對不起，對不起，最近實在太忙了！

潘姆和我合作無間，像往日一樣，和和氣氣又親密，兩人的意見完全一致，因此在一切安排妥當的那天夜裡，提前上床（!!）。（馬殺雞情境，不足爲外人道也！）

寫得很俗套，抱歉。

我實在太高興了。

有時候我們忙到我看不見她，她看不見我。但現在，我們看得見彼此，像相戀之初，感覺像在美樂迪湖的第一次約會——進地窟探險樂園，在灰鬍子機器人群附近熱吻，嗅著鮮藍瀑布散發的氯霧。

爲我們美好的將來起個頭。

我實在好幸福。

提醒未來的世代：幸福是有可能的。和反義詞傷心比較起來，幸福好太多。希望未來的你懂得幸福的眞諦！我以前懂，後來忘記了。因爲習慣輕度悲傷。輕度悲傷的起因是壓力，是客觀環境帶動的煩惱。但現在，哇，悲傷不見了：快樂！

明天是莉莉的盛大慶生會。

……

九月二十一日！莉莉的生日！

有些日子完美到忍不住心想，人生就應該這樣過。老了，才會覺得不枉此生，因爲我體驗過完美一天的感受。

今天就是這樣的一天。

太興奮，加上大喜一整天的疲憊，或許沒辦法照順序敘述，但我盡力就是了。

早上，小孩照常去上學。十點，綠道園藝公司來了。很和氣的工人。壯漢！其中一個頂著印第安莫霍克髮型。兩點不到，造景完成（！）。玫瑰花種好了，也有噴泉和步道。森普立卡女孩卡車三點開過來。森普立卡女孩下車，害羞地站在圍牆邊，等著立架裝設完成。立架很不錯。我們挑「勒辛頓」組合（中價位）：青銅柱加殖民時代風格的飾頂，附帶「易釋桿」。

森普立卡女孩已經穿上白罩衫。微線已經貫穿。鬆垮的微線握在森普立卡女孩手裡，像登山客握繩索。院子就差高山（！）。一個蹲著，其他人站著，態度客氣／緊張，一個指向剛種下的玫瑰花，羞怯地揮一揮手，另一個趕緊對她講一句話，好像在說，喂，不准揮手。但我揮手回禮，像在說，在這個家，揮手沒關係。

裝設森普立卡女孩，依法要有醫師在場監工。森普立卡女孩好年輕啊！看起來她們應該在溫蒂漢堡連鎖店打工。醫師問我們，想不想看女孩吊起來的過程。他以寓意深遠的表情看著我們，匆匆向潘姆瞄一眼，像在說夫人膽小嗎？潘姆是有點膽小。有時不喜歡處理生雞肉。我說，我們進屋子吧，吃蛋糕吹蠟燭。

不久，有人敲門，醫師說，女孩都吊起來了。

我：我們可以去參觀嗎？

他：當然。

我們走出去。森普立卡女孩現在吊好了，離地大約三英呎，面帶微笑，隨清風飄搖。由左至右依序是譚美（寮國）、葛溫（摩爾多瓦）、麗莎（索馬利亞）、貝蒂（菲律賓）。整個效果驚人。看多了富人家院子裡的類似擺設，自家如今也有森普立卡女孩了，對自己的觀感也有所不同，彷彿自己總算趕上同儕，跟得上時代的腳步。

池塘讚。玫瑰讚。步道、按摩浴缸讚。

一切就定位。

不敢相信我們搞定了全套計畫。

提前去學校接莉莉。她垂頭喪氣的，因爲過生日的她早餐沒聽見我們說「祝妳生日快樂」，到現在仍不見慶生會和禮物的影子，而且還被載去看醫生、打針？

這全是詭計。

載她去看醫生途中，我們假裝迷路。莉莉（氣餒）：爹地，杭納克一直是我們的醫生，都這麼多年了，你怎麼可能迷路？（潘姆事先和護士串通，在我「終於」找到診所時，護士走出來說，醫生今天病了，嚴重到沒辦法打針。今晚有一連串的超級大驚喜給莉莉，這是第一砲！）

在此同時，家中的潘姆、湯瑪斯、依娃手忙腳亂地佈置。餐點送來了（蛇尼基餐廳的烤肉）。朋友到了。因此當莉莉下車時，只見嶄新的院子裡滿是同學，圍坐在新浴缸旁的新野餐桌（自我提醒：寫信讚美同學們保守機密，展現令人激賞的自制力），而且有一串新的森普立卡女孩吊在家裡，莉莉當場喜極而泣！

拆開禮物的時候到了，打開亮晶晶的粉紅包裝紙，見到「休眠野獸」加「姐爲妹朗讀」瓷偶。我沒記錯瓷偶，莉莉好感動。加送她根本沒要求的「夏日迷情」（浪人小丑垂釣，價値三百八十元），以示慷慨。接著大家淹沒在幾波歡喜之淚、擁抱中，眾目睽睽之下，彷彿女兒對父親的感激和親情能擊退被朋友訕笑的恐懼。

客人玩著常見的遊戲「揮鞭子」等等。基於不明的原因，在新院子玩遊戲特別起勁。小孩玩得開心，感謝我們的邀請，其中幾個說他們好愛這個院子。幾個同學的家長逗留到最後，也說他們好愛這個院子。

天啊，等到客人走光光，莉莉臉上的表情真絕！

我知道，她會永遠記得今天。

不如意的事只有小小一件：慶生會結束後，全家正在打掃，依娃氣呼呼走掉，抱貓起來，動作太粗魯。有時她生氣會有這種舉動。結果她挨貓爪一抓，貓衝向毛寶，也用利爪伺候他。毛寶痛得逃走，撞到桌子，壽星的玫瑰花摔下來，砸中毛寶。

在衣櫃裡找到依娃。

潘姆：糖糖，糖糖，怎麼了？

依娃：我不喜歡。不好心。

湯瑪斯（抱貓跑過來，以顯示他是貓主人）：依娃，她們是自願的。她們有主動申請。

潘姆：別說「有」這個字。

湯瑪斯：她們主動申請過。

潘姆：在她們生長的地方，這樣的機會不是很多。

我：這麼做，可以照顧她們的親人。

依娃面壁，下唇突出，這是她大哭之前的預報。

接著，我心生一計：去廚房，逐頁翻看女孩們的「個人聲明」。不得了。比我的認知還慘：寮國女孩（譚美）申請前來，是因爲兩個姐姐已經淪入妓女戶。摩爾多瓦女孩（葛溫）有個表姐去德國當洗窗工，結果被送到科威特當淫奴（！）。索馬利亞女孩（麗莎）看著父親和妹妹在同一間茅草屋裡，在同一年相繼死於愛滋病。菲律賓女孩（貝蒂）有個弟弟，是電腦高手，父母親沒錢讓他讀中學，因爲自家的小棚屋遇地震而滑下山，現在只能和另外三家共擠一小間棚屋。

我選擇「貝蒂」的檔案，回到衣櫥，朗讀「貝蒂」的聲明。

我：這樣可以了嗎？妳現在瞭解了嗎？妳可以稍微想像一下，弟弟因爲她的幫助、我們的幫助，最後讀到好學校。

依娃：想幫他們，爲什麼不直接給他們錢？

我：唉，糖糖。

潘姆：我們去看看吧。看她們有沒有傷心的表情。

（表情不傷心。女孩們居然還在月光下小聲聊著天。）

依娃站窗前，不出聲。深井一口。心思好細膩。還是小娃娃時，依娃的心思就細膩。以前那隻貓妞妞快死了，依娃用滴眼藥管滴水給妞妞喝，在貓床旁邊陪睡。心地善良。但我擔心，潘姆擔心。小孩天性太敏感，出社會以後，會被無情的社會撕裂心腸。換言之，小孩需要韌性？

莉莉在慶生會後的表現就不同了。她坐下來，一口氣寫完所有謝卡，然後不必爸媽催，她自動拿拖把拖乾淨廚房，接著拿手電筒，進院子巡視毛寶便尿區，用的是她新買的屎鏟。據說她自己騎單車，用自己的錢去超市買的（！）。

九月二十二日

歡樂時光持續。

同事很好奇我刮刮樂中獎。我把院子的相片帶去上班，貼在自己的隔間，同事過來欣賞，表達羨慕。史提夫問，方不方便去我家院子參觀一下。破天荒。史提夫從來不理我。他甚至問我有什麼建議：刮刮樂是在哪裡買的？平常買多少張？綠道是一家信譽高的公司？

被問得心花怒放，承認起來好尷尬。

午餐，去購物中心，買四件新襯衫。本部門流傳一個笑話：我只有兩件襯衫。才不。我有三件相似的藍襯衫和兩件一模一樣的黃襯衫，所以才被誤解。通常不買新衣服給自己。總覺得小孩有新衣服可穿，比較重要，因為不希望自家小孩被說成只有兩件衣服可穿。至於潘姆，潘姆是大美人，童年家境富裕。不希望富家美女出身的她老穿同一套衣服，不希望她在心裡嘀咕，小時候衣服穿不完，現在，因為他（也就是在下），所以穿得難看。

更正：潘姆的童年並不優渥。潘姆的父親是小鎮農夫。在小鎮邊緣擁有一座最大的農場。因此，相對於較小、較窮農場出身的女孩，潘姆是富家千金。她家比較靠近大城，農場的規模只是平平，可是，以小鎮的規模而言，中等農場等於全部身家。

儘管如此，潘姆配得上一流的東西。

回家路上，進刮中大獎的那家店。買刮刮樂，加買四支糖果棒。想起苦日子，那時穿著可笑的舊襯衫，買一支糖果棒也覺得罪過。

店員記得我，說：嘿，刮刮樂先生，大贏家先生！

全店的人朝我望，我雙手各拿兩支糖果棒揮揮手，把糖果棒當成迷你權杖，帶著快樂的心情走出店門。

為什麼快樂？

贏的滋味不錯，贏家的感覺不錯，贏家的事實被大家知道的感覺不錯。

回到家，從房子一邊繞向後院看一眼。院子美得驚人：魚漂游在荷葉邊，蜜蜂繞著玫瑰花嗡嗡叫，森普立卡女孩穿著乾淨的白罩衫，一派日光斜射草坪，塵埃冉冉升起，散發傍晚的慵懶。「作息服務隊」（也就是綠道工作人員，每天三次來送餐飲給森普立卡女孩，帶森普立卡女孩上廂型車裡的小廁所，解決生理問題等等。）工人正在院子裡奔波。

綠道女孩：後院有點像仙境。

進屋內，發現萊絲里．托理尼（！）來家裡。這事等於大事。萊絲里從來不單獨來我家。她說她喜歡我們家森普立卡女孩掛在池塘邊，映照在池面。萊絲里打電話回家，叫媽媽也裝一個池塘，被媽媽罵說是被寵壞的小孩，不給池塘。這等於是莉莉的大勝。不是說我們樂見別人不高興。因爲萊絲里常在莉莉不悅時得意，所以，僅此一次，在萊絲里有點難過時，讓莉莉樂得輕飄飄，應該行吧？

女生們進院子，在院子裡逗留很久。潘姆和我向外看一眼。兩個女生沒吵架吧？她們坐在樹蔭，頭湊得很近，正在交流小女生的私密，鞏固莉莉身爲萊絲里閨密的地位？無從得知。看不見兩個女生的臉。

萊絲里的母親（開BMW）來了。萊絲里和母親爲了池塘的事拌嘴兩三句。

萊絲里的媽：小萊，乖，妳已經有三條小溪了。

萊絲里（語氣刻薄）：小溪是池塘嗎，媽媽？

萊絲里和母親離去。

莉莉在我臉頰親一口，表達感激的心意，然後唱著歡樂的曲子，直奔上樓。

我也好快樂。感覺好幸運。我們憑什麼有這份福氣？部份原因是，對啦：運氣。刮刮樂中獎代表運氣。但是，俗話不是說，運氣也要九成技巧？或者是，準備需要九成技巧？技巧等於九成運氣？記不大清楚俗話怎麼說。總之，講句自誇的話，我們精心經營好運。沒有發神經，沒有買遊艇、毒品（！），沒有失控，沒有慾求不滿、找小三、變得不可一世。我們只是憑良心看看自己家，理解家人（莉莉）需要什麼，然後默默又謙遜地達成她的願望。

自我提醒：盡力把中獎的好心情拓展到生活的每一方面。在職場上，動作大一點。快步高陞（心中有喜悅，臉上掛笑容），獲得加薪。鍛煉一生健康的體魄，開始注重穿著。學學吉他？特別留意天地之美？何不自學觀察花、鳥、樹、星座等等，成爲大自然眞正的一份子，帶小孩在家附近散步，耐心教導小孩認識花鳥等等的名稱？何不帶小孩去歐洲玩？小孩從沒去過。自己也沒去過阿爾卑斯山，在高山咖啡館品嘗熱巧克力，旅社主人是個和藹的白髮老先生，覺得這一家知書達理又友善，勝過傲慢的美國富家子（他們總是不把老闆女兒看在眼裡。女兒長得漂亮，紮著兩條辮子，只可惜瘸腳），因此帶他們走私房登山步道，深入不可思議的林中空地，小孩在森林裡嬉戲，陪跛腳美眉坐在草地上。事後，兒女說，那是他們最美好的一天，而且和跛女互通電郵，我們爲她在美國安排外科醫生，醫生好感動，同意免費爲阿爾卑斯山女孩動手術，躍上本地報紙的頭版，我們也躍上阿爾卑斯山報紙的頭版？

哈哈。

總而言之就是快樂。

所以才有這麼多天花亂墜的想像。

（我其實從沒去過歐洲。爸覺得歐洲的餐點份量太少。後來，爸失業，送報。餐點份量大小，不提也罷。）

未來的讀者，我一生夢遊到現在。如今總算覺醒了。刮刮樂中獎就像一通晨呼。唸大學時，急著畢業、贏得潘姆的芳心、找工作、生小孩、在職場更上一層樓，忘記兒時那份註定飛黃騰達的志向。小時候，我坐在充滿雪松味的臥房衣櫃裡，望向高窗外的隨風搖擺的樹，當時的預感是，總有一天將做大事。

在此決心以更有力的新方式過生活，從**此時此刻**（！）開始。

九月二十三日

依娃傷腦筋。

先前或許提過，依娃的心思細膩。這很好，潘姆和我覺得，這是高智商的跡象。但依娃不知從哪裡學到「心思細膩等於巧奪父母關愛」的妙招，換言之，她培養出喜歡獨樹一幟的傾向，也許是借此凸顯自己的特殊，把自己捧成比別人更優秀、更脫俗？以前，她曾經拒絕吃肉，拒絕坐眞皮沙發，拒絕使用中國製造的塑膠叉子。幼童做這些事，還能硬掰爲可愛。但依娃年紀不小了，動不動祭出個人原則，漸漸令人覺得她自視清高，這種觀點會不會逐漸成爲她自我感覺良好的基礎？

未來的讀者，我們這時代的家庭生活，有時近似打地鼠的遊戲。未來世界仍有這種遊戲嗎？塑膠地鼠冒出頭，被人拿榔頭捶回地洞，另一隻又鑽出來，再被人捶死。未來讀者或許覺得這種遊戲太怪又暴力？未來人大概連吃飯都不必，就能活下去？整天飄來飄去，彼此熱情微笑？有時候，我總認爲，終於把一個小孩哄得開開心心了，另一個小孩就像地鼠冒出來，怨東怨西的，家長不得不「捶」小孩——也就是消除怨言。

顯然，現在輪到依娃冒出頭。

今天，蘿絲老師寫一張紙條，叫依娃帶回家：依娃耍孩子氣。依娃暴躁，依娃跺腳。輪到約翰餵魚，跟依娃要魚飼料罐，依娃拿罐子砸他。老師說，這不像依娃的個性，因爲依娃本來是全班最乖巧、親切的小朋友。

此外，依娃的圖畫最近也變得很怪。

附上依娃的怪畫之一：典型的住家。（以一抹粉紅代表櫻花樹，看得出畫的是我們家。）院子裡的森普立卡女孩皺著眉頭。其中一人（貝蒂）頭上浮現一團想法：哎喲！痛死人了！另一人（葛溫）伸出瘦長的指頭，指向屋子：感激不盡。第三人（麗莎）淚流滿面：假如我是你女兒呢？

潘姆：嗯。這好像不是鬧一兩天就消的脾氣。

我：對，的確。

開車載依娃去兜風。駛過東嶺、檸檬丘。指向有森普立卡女孩的住家。叫依娃數。最後，大約見到五十間房子，有森普立卡女孩的住家總共三十九戶。

依娃：不能因爲家家都有，就說這樣做沒關係。

可愛。依娃模仿我和潘姆的調調。

來到鴨步鴨渡口鎭，八人組的森普立卡女孩：（紙娃娃）手牽手，效果不錯。全體似乎在合唱。三個幼兒繞著立架追逐，兩隻小狗追著幼兒。

我：哇。看起來滿悲慘的。

（依娃聰明，依娃機智。因此才常和依娃說笑。）

依娃不吭聲。

在菲力茲休憩屋停車，我吃香蕉船，依娃吃融雪糕，父女坐在木製大鱷魚上，欣賞夕陽。

依娃：搞不懂——她們怎麼不會死掉？

我頓時領悟，心裡微微感到如釋重負：依娃叛逆的部份原因是她不明瞭其中的科學原理。我問依娃，知不知道森普立卡渠道是什麼？不知道。我在紙巾上畫人頭給她看，解釋：羅倫斯．森普立卡＝醫生＋智多星，發明一種無痛的方式，能在不傷人體的前提下，以雷射光開創前導渠道，然後把微線穿進絲質的鑽眼，穿腦而過。微線從這裡（點一點依娃的太陽穴）進去，從這邊（點一點另一側）出來。非常輕柔，不痛，森普立卡女孩全程麻醉。

然後，我決定跟依娃講道理。

解釋：姐姐莉莉處於人生關鍵點。明年莉莉升中學。爸媽希望莉莉能抬頭挺胸進中學，當個充滿自信的少女，自認家境和同學一樣好／富裕，院子和同儕不相上下，也就是說，不再是以前那種亂七八糟的院子，也就是說，我們家不會再讓莉莉覺得糗。

這樣的要求，算過份嗎？

依娃不說話。

看得出她在動腦。

依娃狂愛莉莉，願捨身撲救即將被火車撞上的姐姐。

接著，我向依娃分享自己中學暑期打工的經驗。在美味老墨（塔可店）打工。裡面好熱，好油，老闆很壞，老闆老是拿食物夾，夾我們的屁股。下班回家，頭髮總是沾滿油污，衣服也有油煙味。現在叫我做那種工作，我才不幹。不過當時呢？做得很開心，跟櫃檯小姐打情罵俏，跟其他員工一起惡作劇（把壞老闆的食物夾藏起來，在自己長褲裡面墊雜誌，被壞老闆夾屁股時不痛，壞老闆老是一頭霧水）。

我說，重點是，所有事情都是相對的。森普立卡女孩原本的生活環境跟我們大不相同。她們的生活困苦、嚴苛，前途無亮。我們認爲可怕／難受的東西，她們可能不覺得可怕／難受，換言之，她們見過更慘的狀況。

依娃：你跟小姐打情罵俏？

我：以前的事。別告訴媽喔。

這話引來微微一笑。

相信這段交心對話打動了依娃的心。但願如此。至少我很高興自己嘗試過。爸媽離婚時，爸帶我去喝奶昔，說出離婚的事實。一直感激爸這樣做。爸即使碰到傷心事＋黑暗時期，還記得把我放在心上，這種用心讓我很感恩。

媽跟同事泰德·底委特偷情。底委特老是讚美我媽，說她長得漂亮，說她是他早上起床的唯一原因。媽不習慣聽到讚美。爸愛媽。但爸古板。爸不喜歡把愛掛在嘴上，默默地愛媽，穩定的愛。結婚十週年，爸送媽電動砂磨機（！）。爸給媽的綽號＝延展。（媽很高）爸常揶揄說媽看起來像高䠷的男生，有時進廚房，會假裝被洗手臺前的高䠷男生嚇一跳。媽被底委特煞到，開始去旅社和底委特幽會，愛上底委特。（我當時被蒙在鼓裡，事隔多年後，爸臨終才全部說給我聽。）

朵洛蕊斯修女聽見離婚的風聲，下課不讓我們出去玩，集中全班高談離婚＝滔天罪過，說離婚男女死後沒好日子過，強迫全班爲我爸媽的靈魂祈禱。我被全班瞪：都怪你，害我們不能下課。

整件事很痛苦。

依然痛苦。

因此，我才一心一意做個好父親／丈夫，爲小孩提供穩定的平臺。

今晚和潘姆討論依娃的狀況。潘姆如常給予中肯的意見：戒急用忍，依娃聰明，依娃明理。過一個月，依娃調適好了，就會忘記一切，恢復快快樂樂的平常心。

愛潘姆。

潘姆是我的磐石。

……

不表示他不會忽然出乎所有人意料之外，反省自己忽然做出一件還算體貼的事情。

弟弟的悼念文似乎越講越糊塗，大哥臭著臉，上前拉他下臺，對他咬牙沉聲說話。

陶德的遺孀上臺。似乎講不出話。三個小女孩抓著她的裙子。遺孀把麥克風交給最小的女孩。

最小的女孩：掰掰，爹地。

午餐不錯。午餐比好還要更好。告別式好沉痛，午餐＝天堂。連續吃三個紙盤裝的燜烤牛肉三明治。教堂外，黃樹被風吹著。一片黃葉子被颳進地下室窗戶。看著葉子掉在我的腳邊。

我心想，生命美好。

多麼高興我沒死。

假如哪天我死了，我不希望潘姆的人生孤寂。希望她再婚，享有美滿的人生。條件是，新丈夫是好人。溫柔的男人。虔誠的教徒。非常顧家＋善待孩子。但不能騙孩子。孩子們還是比較喜歡過世的老爸（亦即，我），不會喜歡教徒爸爸。新爸爸皮膚蒼白，個性沉悶，是個虔誠的教徒，沒啥元氣，常穿怪裡怪氣的毛線衣，總是有點哀傷，因爲他生理有毛病，下面硬不起來。

哈哈。

未來的讀者，今晚我滿腦子是死亡。我遲早會死嗎？這是眞的嗎？潘姆和小孩遲早會死？太慘了。誕生在這世上，心中充滿愛，最後故事的結局卻等於死亡，何苦走這一遭呢？太嚴苛了。太殘酷了。不喜歡。

自我提醒：再加一把勁，在所有方面努力，力求自我改進。回家後，把小孩集中起來，叫他們和我一起訂定新志向。告訴小孩，人生短暫，必須善用每一分每一秒，把每天當作最後一天來善用。有夢必追。想嘗試什麼，一定要去嘗試看看。要不要發誓？若說我這輩子犯過什麼錯，這個錯就是，我一直太被動了。不希望兒女犯同樣的錯誤。一定要膽大、力爭上游、勇敢。再糟還能糟糕到什麼地步？會被後人尊崇是創新者、英雄、先知（！）。拓荒英雄保羅·列維爾難道是膽小鬼？愛迪生難道事事謹愼？耶穌難道超有禮貌？走到生命盡頭時，兒女們將不會後悔他們的所作所爲，只會爲沒做過的事情後悔。

睡覺時間到了。睡覺時間有時亂七八糟，潘姆爲小孩操勞一整天，面對小孩偶爾的一點點叛逆，口氣重了點。小孩上課一天累了，一聽見媽口氣嚴厲，會跟媽媽頂嘴。有時晚安時刻，小孩會站在樓梯頂端向下叫罵，潘姆在樓梯底向上叫罵。有時候書或鞋會咻的一聲，飛過潘姆的身旁。

然而，今夜輕鬆。小孩聽懂了我的死亡論，三人排成一行，默默上樓。湯瑪斯轉頭奔下樓梯，給我抱抱，依娃走到樓梯歇腳處，回頭久久望我一眼（仰慕？）。

多麼知心的孩子們。

未來的讀者，父母職的一大樂趣是，父母能好好影響子女，爲子女創造他們終生難忘的時刻。就在這一刻改變子女的人生路徑，開放他們的心智和胸襟。

十月二日

可惡。

幹。

未來的讀者，我們家被絕世閃電劈中了。

容我稍後說明。

今天早上，湯瑪斯和莉莉坐在餐桌前，睡眼惺忪的，依娃還在賴床，潘姆正在炒蛋，毛寶在她腳邊，希望食物渣落地。湯瑪斯吃著焙果，走向窗前。

湯瑪斯：嘩。怎麼會？爸，趕快過來看。

走向窗前。

森普立卡女孩不見了。

全部不見（！）。

我衝了出去。立架空盪盪。微線不見了。院子門開著。我跑出門，沿路衝到路口，步伐有點倉惶，尋找她們的蹤跡。

不見人影。

衝回家裡。我打電話給綠道園藝公司，報警。警察來了，在院子進行地毯式搜索。警察向我指出，院子門附近的泥地有微線的拖痕，他們說這其實是好現象，因爲這表示微線沒被拆掉，比較容易找到森普立卡女孩。微線仍在的話，她們得被迫像嬰兒一樣走路，如果有人走太快或落後太多，微線一扯，恐怕會扯傷頭腦。

另一位警察說，假如森普立卡女孩靠雙腳逃亡，是很容易找沒錯。問題是，拜託，森普立卡女孩哪可能用走的？森普立卡女孩是被異議份子用廂型車載走的，人正在車上笑掉大牙。

我：異議份子。

警察一：對，聽過吧？就是那些女護女聯盟、經濟平等公民會、詛咒森普立卡下地獄社。

警察二：本月第四例。

警察一：這些小妞不可能自己走下來。

我：她們爲什麼逃走？不是自願來的嗎？爲什麼會跟著那種——

兩警察哈哈笑。

警察一：嗅到美國夢的香味啦。

兒女被嚇壞了。兒女在圍牆邊簇擁著。

校車來了，走了。

綠道園藝公司的外勤代表（羅伯）來了。羅伯＝高瘦駝背，像弓，穿著短短的皮背心。

羅伯一來馬上投下震撼彈，說他很遺憾，他不得已在我們家苦難時刻扮黑臉，依法前來告知，根據我們和綠道簽訂的合約，如果森普立卡女孩三週內無法尋獲，我們有責任承擔全額的重置金。

潘姆：咦，什麼金？

羅伯解釋，若確定女孩一去不回，按照森普立卡女孩與綠道合約剩餘的月數，重置金每人每月一百元（！）。貝蒂（剩二十一個月）＝二千一百元；譚美（十三個月）＝一千三百元；葛溫（十八個月）＝一千八百元；麗莎（三十四個月！）＝三千四百元。

總計二千一百元＋一千三百元＋一千八百元＋三千四百元＝八千六百元。

潘姆：亂搞嘛。

羅伯：相信我，我知道這是一大筆錢，畢竟我主要是靠寫歌維生的。不過，從我們的觀點來看——呃，應該說是他們的觀點，綠道的觀點，我們——呃，他們——最初砸錢投資，不難想像吧，光是簽證、機票，加起來就是一大筆錢，不便宜吧？

潘姆：綠道怎麼沒人聲明過這一點？

我：根本沒有。

羅伯：嗯。誰負責跟你交涉？

我：梅蘭妮？

羅伯：對，嗯，我就有預感是她。梅蘭妮嘛，梅蘭妮有時急著成交，尤其是面對A套餐客戶的時候，因爲這類型的客戶本來就追求低價嘛。我不是故意無禮。所以呢，她走了。想罵她，去居家修繕賣場找她，她現在是油漆部的副理，大概正睜眼說瞎話，對客人亂掰油漆的顏色。

感覺一肚子火，身心受到打擊。有人摸黑進我院子，趁小孩熟睡，偷走我家的東西？偷走八千六百元，這還不包括最初訂購森普立卡女孩的價錢（大約七千四百元）。

潘姆（對警察）：找到她們的機會多不多？

警察一：誰？

潘姆怒視警察（潘姆捍衛家人時兇巴巴）。

警察二：老實說吧，尋回的機率很小。

警察一：比較接近零吧。

警察二：呃，還沒有到那種地步。

警察一：對。凡事總有第一次嘛。

警察離開。

潘姆（對羅伯）：我們如果拒繳，會有什麼結果？

我：繳不出來。

羅伯神情窘迫，臉紅。

羅伯：呃，這嘛，應該問法務。

潘姆：想告我們？

羅伯：我不會。他們會。我的意思是，他們會告。他們會——呃，怎麼說呢？他們會扣押你們的——

潘姆（語氣嚴厲）：扣押。

羅伯：對不起。這事情很遺憾。梅蘭妮呀，小心被我碰到，別怪我揪住妳那條蠢辮子，把妳的頭扭斷。開玩笑的啦，我從來沒跟她講過話。不過，重點是，合約寫得明明白白。你們應該讀過合約內容吧？

啞言。

我：我們，呃，那天有點趕，急著辦慶生會。

羅伯：那當然，我記得那場慶生會，辦得好熱鬧啊。我們大家都討論過。

羅伯離去。

潘姆氣得臉色鐵青。

潘姆：哼，怎麼辦？去他們的，愛告讓他們去告。我一毛也不賠。太超過了。要這棟爛房子，送他們好了。

莉莉：我們會失去這棟房子嗎？

我：我們不會失去這——

潘姆：不會嗎？欠人九千美金，賠不出錢，會發生什麼事？我認爲這棟房子賠定了。

我：別氣嘛，平靜一下，沒必要這麼——

依娃噘著下唇，山雨欲來的表情。我心想，唉，家長不良示範：吵架＋爆粗口＋在小孩面前暗示房子不保，而小孩的情緒正緊繃，爲今天的風波而難過。

接著，依娃淚眼婆娑，開始嘟噥著對不起對不起對不起。

潘姆：唉，糖糖，我只是隨口亂講的啦，這棟房子不會被搶走。媽咪和爹地絕不會讓——

我的腦海靈光一閃。

我：依娃。不會是妳吧。

依娃的眼神幽幽說：就是我。

潘姆：不會是什麼？

湯瑪斯：是依娃放走的？

莉莉：怎麼可能是依娃？她才八歲。連我都不會去——

依娃帶我們進院子，自述經過：她拖著摺梯過來，放在微線的尾端，站上摺梯，拉了一下左邊的桿子，微線鬆掉。接著，依娃把梯子拉到另一端，拉了右邊桿子，微線整條鬆垮，森普立卡女孩站回地面。

森普立卡女孩短暫商談一陣。

然後逃走。

我氣炸了。依娃捅出這麼大一個婁子。整慘了我們，也整慘了森普立卡女孩。她們哪裡去了？躲在像樣的地方嗎？非法逃犯置身異邦，沒錢、沒東西吃，被迫躲進樹林、沼澤區等等，還被微線串在一起，活像銬著連鎖腳鐐的囚犯。至於湯瑪斯和莉莉，他們以爲，跟爸媽惡作劇很好玩嗎？我記得湯瑪斯早餐時走向窗前，看見森普立卡女孩跑了，滿臉裝得好驚訝。湯瑪斯＝壞蛋。至於莉莉，爸媽爲她的生日付出那麼多，竟然得到這種回報？

怒火快燒穿我的衣領了。一不留神，氣話脫口而出。

小孩聽了嚇呆了。兒女沒見過我氣成這樣。

湯瑪斯：爹地，我們不知道啦！

莉莉：我們是眞的不知道！

湯瑪斯扯著自己的頭髮，跑出門。莉莉淚流滿臉，重重跺腳走開，拖著（一臉震驚的）依娃的手。

依娃（愁容滿面，對我）：可是，你明明說，明明教我們要勇敢——

提醒未來世代：有時候，在我們這時代，家庭生活會陷入憂鬱。家人會覺得我們是輸家，事情每做必錯，爸媽高分貝吵架，碰到災難時指責對方。爸踹牆壁，在冰箱附近的牆上踹出一個洞，全家省略午餐。情緒持續緊繃，無法坐同一張餐桌。難以忍受。令人（父親）懷疑家庭的價值何在，令父親（我）質疑，人類過著獨來獨往的生活，獨居樹林裡，只管自己的事，不愛任何人，日子會不會比較好過？

我們今天就有這樣的質疑。

氣呼呼進車庫。過了這麼多星期，那片討厭的鼠屍印還在。我決定採取行動，根除鼠印。使用漂白水＋水管。事後，心情平靜不少，坐在手推車上，忍不住笑起來。刮刮樂中獎，是我一生最棒的好運，沒想到最大的好運竟迅速成爲一生最慘的敗筆。

笑變成淚。

剛才對小孩講了氣話，現在過意不去。

潘姆出來，問我爲什麼哭？我說沒哭，是打掃車庫時被灰塵沾到眼睛。潘姆不信，側身摟一摟，以臀部輕撞，說：你剛剛是在哭，沒關係，很辛苦，我明白。

潘姆：進來吧。讓我們把事情恢復原狀。我們一定能渡過這難關。小孩心情糟透了。進屋裡。

小孩圍坐廚房桌。

從兒女的眼神看得出，他們迫切想得到原諒，想被原諒。莉莉和湯瑪斯不知道內情。我說我其實瞭解，只是不知爲何硬說他們知道。

我張開雙臂，湯瑪斯和莉莉衝了過來。

依娃保持坐姿。

依娃小時候，有一大頭烏黑的捲髮，常站在沙發上，拿著咖啡杯，吃著早餐穀片，隨著腦海的音符起舞，甩著窗簾繩。

如今，依娃抱頭坐，如同心碎的老婆婆惋惜著已逝的青春花蕊。

走過去，把依娃抱起來。

可憐的她在我懷裡發抖。

依娃（低語）：我不知道會害我們丟掉這棟房子。

我：不會啦——我們不會丟掉這棟房子。媽咪和我一定會想辦法解決。

我們打發小孩去看電視。

潘姆：要不要我打電話給我爸？

不想叫潘姆打電話給潘姆的爸。

潘姆的爸是農人，名叫利奇，竟然以「富農」自居，眞好笑。農夫利奇＝非常有錢＋非常嚴格。看我不順眼。曾多次對我說：一、我工作不夠賣力，二、最好把體重看緊一點，三、最好把信用卡看緊一點。

富農的身體非常健康，不用信用卡。

富農不迷森普立卡女孩。去年耶誕被他唸得臭頭，他說想要森普立卡女孩＝愛炫。想玩樂＝愛炫。甚至連看電影＝愛炫。去洗車場，亦即不在自家車道上洗車＝愛炫。有一次，他來我們家住幾天，我說我非做根管治療不行，他聽了，一臉狐疑望著我，我心想，又怎麼了？根管治療＝愛炫？錯。他只是不同意我挑選的牙醫，因爲他看過那位牙醫的電視廣告，認爲上電視打廣告的牙醫＝愛炫。

所以，我不希望潘姆打電話給富農。

告訴潘姆，我們應該盡最大的能力自救。

拿出繳費通知單，模擬繳費的動作：如果繳房貸、暖氣、美國運通卡、外加上次延繳的二百元，餘額將近零（剩十二．七八元）。如果延繳美國運通卡＋信用卡，就能多出八百八十元。如果再省略房貸、NiMo費、壽險保費，仍然只能撙節出少得可憐的三千一百元。

我：可惡。

潘姆：我還是發封電郵給他吧。試探一下。看他怎麼說。

在我寫日記的同時，潘姆上樓，寫電郵給富農。

十月六日

今天上班的情形在此省略。現階段，工作不重要。下班回家時，潘姆站在門口，拿著富農寄來的電郵。

富農＝狗雜種。

摘錄如下：

你們要求的款項入手後，打算如何運用，且讓我們談談。你們會存起來，作為小孩就讀大學的基金嗎？不會。會投資房地產嗎？不會。拿到種籽（美元），有機會播種，你們轉身就把寶貴的種籽倒進馬桶沖走。揮霍在什麼地方？部份人士認為好看的擺飾。我怎麼看都不覺得美觀。我這一帶的年輕人也瘋同樣的東西。老人也湊熱鬧。我搞不懂這一帶的人，也搞不懂你們那一帶的人。拿真人當擺飾，怎麼有人看了覺得賞心悅目？在這裡，其他人忙著在教會行善，關注窮人。好，那也行。不過，在我看來，貧窮很快就會降臨你們家了。每當我想囉唆幾句出社會的道理，就不禁想起這句座右銘：醫人者必先自醫。只不過，我不反對偶爾去家暴婦女收容所送一兩支火腿。所以，我只能拒絕他們。越陷越深的是你們，想走出泥淖要靠自己，趁機教育子女（和自己），希望在長遠的未來，你們能從中獲得寶貴的教訓。

我：講這樣。

潘姆打電話給富農，乞求富農。富農在電話上說教，數落我們的理財史，亦即我們的人生觀（＝揮霍成性）。富農叫她別再討錢了。由於最初做了傻事，事後急著挽回當初的傻事，表現傲慢，做出沒頭沒腦的動作，富農對我們的評價因此暴跌。

因此，不了了之。

沉默許久。

潘姆：天啊，這太合乎我們的作風了吧？

不知道她指的是什麼。不對，應該是，知道但不認同。不對，應該是，認同卻但願她不要明講。爲什麼要明講？講出來太傷人，讓我們自覺慚愧。

我說，乾脆直接講實話，說出依娃做的事，希望綠道園藝公司放我們一馬。

潘姆說，不行不行。今天上網找過資料，釋放森普立卡女孩＝重罪（！）。檢方應該不會起訴八歲小孩吧，但想想就怕。如果我們吐實，依娃會不會留下前科？依娃會被勒令接受輔導嗎？輔導會不會留下案底？依娃會不會覺得：我是壞小孩，於是走上邪路，跟太保太妹交往，漠視學業成就，坐失潛能，全因為小時候犯的一個錯？

不行。

這種險冒不得。

潘姆和我討論，形成共識：古時有一種人叫做噬罪人，專吃罪過。吃的是罪人的身體嗎？或是把正餐擺在罪人屍體上，然後去吃？記不太清楚。不過，潘姆和我同意：我們要效法食罪者的精神，為了保護依娃而知錯犯錯，不計代價隱瞞警察，觸犯法令也在所不惜。

潘姆問我是不是還在寫日記？日記不是構成法律上的證物嗎？日記是不是寫了依娃涉案的經過？日記會不會害我們吃上防礙司法的罪名？法官會不會聲押這本日記？應不應該停寫日記，銷毀有問題的幾頁？把日記藏起來？前幾天踹牆破一個洞，把日記藏進去？更有效的是消滅整本日記？

告訴潘姆，我喜歡寫日記，不想停筆，不想消滅日記。

潘姆：好吧，隨便你。我認為不值得。

潘姆聰明。潘姆能明辨局勢。我重新考慮。（如果日記停筆，未來的讀者將知道，我（再度！）認定潘姆是對的。）

我猜，我希望，警察碰到太多類似的案子，我們是小蝦米，我們的案子可以輕案緩辦，這事不久會漸漸平靜。

十月八日

料錯了。又錯了。沒有平靜。

容我說明。

上班一整天。

很平常，無聊的一天。

未來的讀者能想像我內心的煎熬嗎？處理著平常、無聊的公事，一心卻只想直奔回家，和潘姆爲依娃研商大計，把依娃接回家，給依娃一個熱情擁抱，告訴依娃一切都將風平浪靜，叫依娃不要自責，即使爸媽不認同她的行爲，她依然永遠是爸媽的女兒，永遠是我們的掌上明珠。

但在這種生活裡，爸爸該做的事就非做不可。

苦撐一整天。

然後照常開車回家：路過中古車經銷商區、採石區、一長條高速公路，下面是難看的公寓，吊著曬衣繩。經過一段相對詩情畫意的路，一邊是拓荒者的古墓園，另一邊是倒閉的購物中心。

接著回到我們的小房子＋悲哀的空院子。

有人站在後門。

走過去，跟他聊天。

他＝傑瑞。是奉令偵辦本案的警探（！）。異議份子是本鎮治安大敵，他說，鎮長決心大力掃蕩（！），給他們顏色瞧瞧。他說他知道我們家財務告急，認爲綠道園藝公司的缺德商人應該下油鍋被煎死。他說他本身的財力也有限，是個愛家的男人，他能體會我們被隱形大公司追討八千六百元的苦處。他說，別煩惱，包在他身上，不揪出異議份子，絕不罷休。他瞧不起異議份子。異議份子自認行爲高尚嗎？高尚才怪。森普立卡女孩被放走，變成非法移民，搶走「正正當當美國人」的工作。傑瑞非常反對。傑瑞的父親從愛爾蘭搭船前來美國，全程從頭吐到尾，該塡的表格全塡好。這才是正當的移民方式，傑瑞認爲。

哈哈，他說。

微笑，擦擦嘴。

傑瑞健談。他進警界之前是老師，慶幸現在不必教書。他的學生是搗蛋鬼。一年比一年更愛搗蛋。在教育界最後幾年，他過一天算一天，等著哪天被搗蛋鬼砍死或槍斃。情況越來越差，因爲學生越來越黑。指的是什麼，應該曉得吧。他不是看黑人不順眼，而是排斥拒絕工作、不學英文、堅持對老師惡作劇的那種黑人。傑瑞小時候，做夢也不敢在老師的健怡可樂裡偷放小青蛙，何況他是全校最盡心盡力的老師之一。他幾乎篤定是黑人小孩整他，因爲幾乎全班是黑人。從來沒被砍過，但他確定，再待下去，遲早會挨黑人小孩的刀子。小孩膽敢在老師飲料裡放青蛙，表示這種小孩無法無天，在他們成長的下個階段，持刀砍人也不令人意外。

我說，小孩子嘛，不懂事。

對，也不對，傑瑞說。小孩＝未來的成年人。由小見大。看過一個片子，主人放任幼獅亂跑亂來，結果獅子長大，吃掉主人。因此，傑瑞主張鐵腕管教小孩。

傑瑞最近寂寞，他說。老婆最近死了。沒料到老婆會早走他一步。她一向比他健康。現在他有點迷惘。老婆健在的時候，本來就瘦如柳葉，病到最後，幾乎消失了。如今，傑瑞不急著回家。老婆走後，家好靜。沒有孫子，因爲從來沒生小孩，因爲老婆的卵有問題。

因此，他偵辦本案的時間多的是。

傑瑞說，他嗅到不太對勁的地方。犯案手法不像典型異議份子。異議份子通常會留下示威的記號，例如：詛咒森普立卡下地獄社常留下一面紅旗，女護女聯盟留下宣言＋森普立卡女孩的影片（細數森普立卡女孩停留院子期間受到的侵擾）。異議份子通常會找醫師助陣，在森普立卡女孩上車之前摘除微線。本案中，警方發現門口有微線的拖痕，意味著森普立卡女孩徒步逃走，微線未拆？大有蹊蹺。

傑瑞嗅到怪味道。

不過，別擔心，傑瑞說，他是來「長期抗戰」的。暫時想在院子裡坐一會兒。他有時會用這種方式辦案，設法「鑽進罪犯的腦殼。」

傑瑞乾咳著，踱腳進院子。

我進屋內。告訴潘姆。

潘姆和我站在窗前，監視傑瑞。

湯瑪斯：他是誰啊？

我：一個人。

潘姆：別出去。不要跟他講話，別理他。

莉莉：他進我們家院子，卻不准我們跟他講話？

我：對。正確。

寫到這裡，將近午夜了。傑瑞仍在院子（！）。傑瑞正在抽煙，傑瑞反覆哼著同一段四音符的曲子，好煩人。從客房聽得見他＋嗅得到他的菸味。多想下樓去，把傑瑞趕出院子，說：傑瑞，這裡是我們家院子。我們的小孩在睡覺，明天要上學，你這樣哼歌不停，如果把他們吵醒，明天他們上學愛睏，坐不住，怎麼辦？另外，傑瑞，我們住家裡外都禁止吸菸。

無奈，做不出來。

千萬不能孤立傑瑞。

天啊。

未來的讀者，我們家成了自由落體，不斷下墜。家庭大亂。小孩感受到壓力，成天打鬧。晚餐後，潘姆逮到小孩偷看《吾乃撫奶漢》（禁看節目），男人隔著屏風，伸手進兩個孔，觸摸女孩的乳房，以決定想和哪一個約會。（乳房其實不入鏡，只捕捉男人摸乳的表情和女孩被摸的表情，以及男人宣佈分數時女孩的表情。儘管如此，這還是個爛節目。）潘姆對兒女發飆：家裡碰到這種事，已經夠難熬了，小孩竟敢亂來？

小孩一個接一個出生，潘姆和我拋下一切（環遊世界冒險的年輕情懷等等），只爲了好好擔任親職。有了小孩，生活缺乏刺激，大部份是苦悶的瑣事。許許多多晚上，事情沒做完，得熬夜，累得半死，繼續做事。很多時候，蓬首垢面＋疲憊，衣服沾著嬰兒便便和／或嘔吐穢物，其中一個還得微笑面對另一人手裡的照相機，笑得倦怠／憤怒，理髮太貴所以頭髮亂七八糟，不拉風的眼鏡一直往下滑，因爲找不到空閒去鎖緊螺絲。

犧牲這麼多年，換來這麼一天。

不幸啊。

我剛剛進走廊去查看小孩。湯瑪斯跟毛寶一起睡覺。我們不准。依娃和莉莉睡在同一張床。這也不准。依娃是烏煙瘴氣的源頭，酣睡相好像嬰兒。

多想搖醒依娃，告訴依娃，一切都會恢復平靜的，她的心地善良，只是年紀太小加上一時沒弄清道理。

沒叫醒她。

依娃需要休息。

在莉莉書桌上：一張海報，是莉莉爲「我最心愛的事物日」準備的作業。海報上有每一個森普立卡女孩的相片，附上她們祖國的地圖，附上個人訪談——莉莉顯然逐一訪問（！）所有森普立卡女孩：葛溫（摩爾多瓦），韌性非常高，因爲童年在摩爾多瓦渡過，曾用垃圾堆撿來的沾血床單＋膠帶，製作足球，然後以這顆血床單足球勤練球技，差點踢進奧運代表隊（！）。貝蒂（菲律賓），有個女兒，游泳時會坐到海龜，被海龜高高舉起。麗莎（索馬利亞），有一次坐在伯伯的「迷你卡車」座艙頂，看見獅子。譚美（寮國），曾養一頭水牛當寵物，被水牛踩到腳，因此現在必須穿特製鞋子。另外，「趣味點滴」上莉莉寫：她們的名字（貝蒂、譚美等等）不是眞名，而是森普立卡女孩名，是綠道園藝公司在她們入境時取的代號。譚美＝本名賈奴卡，意指「快樂的日光」。貝蒂＝本名內妮塔，意指「至福的親人」。葛溫＝本名尤珍妮亞，含義不詳。麗莎＝本名亞顏，意指「快樂旅人」。

今晚滿腦子森普立卡女孩，未來的讀者。

她們人在哪裡？爲什麼逃走？

完全不懂。

錄取通知書來了，家人慶祝著，女孩流淚，毅然打包行囊，心想非走不可，我是家人唯一的冀望。表情強裝勇敢，承諾合約一期滿，馬上回國。母親心想，父親心想：不能讓她走，卻還是讓她走了。不這樣做不行。

全鎭的人走路送女孩到火車站／客運站／渡輪碼頭？整群人搭乘色彩鮮艷的廂型車去地方小機場？再流淚，再發誓。火車／渡輪／飛機漸漸離去之際，女孩再依依不捨地看最後一眼，望著周圍的丘陵／河流／採石場／茅屋等等，總之就是她至今所認識的世界，在心裡叮嚀自己：不要怕，妳總有一天會回家的，衣錦榮歸，帶一大袋子禮物回來。

現在呢？

沒錢，沒證件。誰能爲她們摘除微線？誰肯給她們工作？找到工作的話，必須先整理頭髮，把微線入顱點的疤痕遮住。何時能再見老家和家人一面？她爲何這麼做？爲何離開我們家院子，自毀前程？跟著我們家，多做幾個月，不是很好嗎？她到底想追求什麼？她渴望的究竟是什麼大不了的東西，爲何非出此下下策不可？

傑瑞這時正好離開。

院子裡的立架空盪盪，在月光下顯得突兀。

自我提醒：打電話給綠道園藝公司，叫他們把這個醜八怪搬走。

回家

一

和舊日一樣，我從屋後的旱溪走過來，輕敲廚房窗戶幾下。

「你給我進來。」媽說。

屋內有幾疊報紙放在爐子上，樓梯上有幾疊雜誌，一大堆衣架塞在故障的大烤箱裡。一切都和往常沒兩樣。而屋子內有的新突發狀況像是冰箱上方屋頂出現一片水漬，大小如貓頭，且橙色舊地毯捲起半邊。

「嗶嗶的，清潔女工還沒來。」媽說。

我以奇怪的表情望她。

「『嗶嗶？』」我說。

「嗶嗶你。」她說，「我說粗話被主管唸。」

媽習慣講粗話是事實。而她目前在教會上班。

我們站著，四目相覷。

這時有人砰砰砰走下樓，比媽更老，只穿四角短褲和健行靴，頭戴冬帽，一長條馬尾巴掛在後背。

「他是誰？」那個人說。

「我兒子。」媽羞怯地說，「阿麥，這是哈利斯。」

「你在那邊做過的事，哪一件最可怕？」哈利斯說。

「艾柏多怎麼了？」我說。

「艾柏多跑掉了。」媽說。

「艾柏多是白痴。」哈利斯說。

「我對那個嗶嗶的人沒意見。」媽說。

「我對那個欠幹的人很有意見。」哈利斯說，「他還欠我十塊錢。」

「哈利斯沒講髒話的毛病。」媽說。

「你媽只是爲了保住工作才不講髒話。」哈利斯解釋。

「哈利斯不上班。」媽說。

「哼，如果我上班，碰到那種規定我該怎麼講話的地方，老子死也不去。」哈利斯說，「要上班，就去那種隨便我講什麼都行，能接受我本性的地方。我只願意去那種地方上班。」

「那種地方不多喲。」媽說。

「妳是說能讓我隨便講話的地方？」哈利斯說，「還是能接受我本性的地方？」

「只要是你願意去上班的地方。」媽說。

「他準備住多久？」哈利斯說。

「隨便住再久都行。」媽說。

「我家就是你家。」哈利斯對我說。

「房子又不是你的。」媽說。

「至少給這孩子吃點東西吧。」哈利斯說。

「我會的，不過不是只有你想到要給他煮點吃的。」媽說，然後把我們趕出廚房。

「很不錯的女人。」哈利斯說，「好幾年前就看上她了。後來艾柏多跑了我們才在一起。我搞不懂，有個這麼棒的女人在身邊，結果女人一生病，而男人竟然溜掉？」

「媽病了？」我說。

「她沒告訴你？」他說。

他扮鬼臉，手握拳，舉向太陽穴。

「瘤。」他說，「不能說是我講的喔。」

媽正在廚房裡唱歌。

「希望妳至少煎點培根。」哈利斯喊著，「孩子回家，媽的，應該有點培根吃。」

「你別管，行不行？」媽也喊，「你才剛認識他。」

「我把他當成兒子來疼。」哈利斯說。

「胡扯到哪裡去了。」媽說，「你討厭你自己的兒子。」

「我的兩個兒子都讓我討厭。」哈利斯說。

「假如你見過你女兒，一定連她也討厭。」媽說。

哈利斯面露喜色，彷彿發現媽對他瞭解夠深大受感動。這表示媽知道他一概討厭自己的骨肉。

媽端著茶碟進來，上面有培根加炒蛋。

「可能有頭髮掉進去了。」她說，「最近嗶嗶的，頭髮掉不停。」

「歡迎，別客氣。」哈利斯說。

「嗶嗶的，你什麼事也不做！」媽說，「別搶功勞啦。幫個忙，快進廚房洗盤子。」

「我沒辦法洗盤子，妳又不是不曉得。」哈利說，「我會出疹子。」

「他泡水會出疹子。」媽說，「問他爲什麼不能擦乾盤子。」

「因爲我的背不好。」哈利斯說。

「他是『如果』王。」媽說。「只會說說而不是眞的去做。」

「等他一走，老子讓妳瞧瞧我是什麼王。」哈利斯說。

「哎喲，哈利斯，玩笑太超過了啦，好噁心。」媽說。

哈利斯高舉雙手，彷彿說著我是優勝者，而且寶刀未老。

「你就睡你的老房間吧。」媽說。

二

我床上有一把獵弓，另外有一件萬聖節紫斗篷附帶鬼臉面具。

「那是哈利斯的嗶嗶。」媽說。

「媽。」我說，「哈利斯告訴我了。」

我握拳舉向太陽穴。

她茫然望著我。

「咦，可能是我誤解他的意思吧？」我說，「瘤？他說妳長了一個——」

「咦，他是個嗶嗶的大騙子。」她說，「鬼話連篇，胡謅一堆我的事，像他的嗜好一樣。他告訴郵差說，我裝了義肢。他告訴熟食店的艾琳說，我有一顆眼珠是玻璃做的。他告訴五金行的老闆說，每次我生氣就會暈倒，口吐白沫。現在我每進五金行，老闆老是催我走。」

爲了顯示她多麼健康，她表演開合跳。

哈利斯在樓上砰砰砰地走動。

「我不告訴你瘤的事。」媽說，「你別告訴他說我罵他是騙子。」

一切漸漸恢復從前的老樣子。

「媽。」我說，「雷妮和萊恩現在住哪裡？」

「呃。」媽說。

「在那邊，買了一棟水噹噹的房子。」哈利斯說，「錢多多，淹到膝蓋。」

「我覺得不太好。」媽說。

「你媽認爲萊恩會打人。」哈利斯說。

「萊恩會打人。」媽說，「男人會不會打人，我遠遠就看得出來。」

「他會打人嗎？」我說，「他會打雷妮嗎？」

「別說是我講的。」媽說。

「他最好別打嬰兒。」哈利斯說，「水噹噹的小瑪特尼。超可愛的小孩。」

「嗶嗶的，取什麼鬼名字嘛。」媽說，「我跟雷妮抱怨過。」

「是男生或女生的名字？」哈利斯說。

「什麼嗶話？」媽說，「你明明看過那小孩。而且抱過。」

「看起來像小矮人。」哈利斯說。

「是男矮人還是女矮人？」媽說，「看吧。他真的不知道。」

「呃，那天穿的是綠色。」哈利斯說，「所以我沒輒。」

「動動腦筋。」媽說，「我們送小孩什麼東西？」

「小孩是老子的孫，竟然連是男是女都分不清楚。」哈利斯說。

「哪算是你的孫？」媽說，「我們送的是玩具船。」

「男生女生都可以玩船啊。」哈利斯說，「不能有偏見吧。有些女生照樣喜歡船。就像有些男生喜歡洋娃娃。或奶罩。」

「什麼話？我們又沒送洋娃娃或奶罩。」媽說，「我們送的是船。」

我下樓找電話簿。雷妮和萊恩住在林肯街上。林肯街二十七號。

三

林肯街二十七號位於鬧區的好地段。

見到房子，我不敢相信自己的眼睛。不敢相信有這種角樓。院子的後門是紅杉做的，開得順手，門的鉸鏈是液壓式的。

不敢相信世上存在這種院子。

門廊裝著紗網，我蹲進門廊邊的樹叢。屋裡有人在講話，聽起來像雷妮、萊恩、親家。萊恩的父母嗓音宏亮/自信，聽來是暴發戶用錢堆砌出來的聲勢。

「隆．布魯斯特這人的特點很多。」萊恩爸說，「不過，那天我車子在費茲帕爆胎，老隆特地跑去接我。」

「而且那天熱得像烤箱。」萊恩媽說。

「而且沒有一句怨言。」萊恩爸說，「心腸好得很。」

「照你的說法，他幾乎和弗萊明夫婦一樣好心。」她說。

「弗萊明的心腸好得不像話。」他說。

「而且他們做的善事可多著呢！」她說，「他們接來了好多嬰兒，滿滿一架飛機喔。」

「俄國嬰兒。」他說，「兔唇兒。」

「嬰兒一到，馬上被送去全美各地醫院，進手術房治療。」她說，「掏腰包的人是誰？」

「弗萊明夫婦。」他說。

「爲了讓俄國小孩上大學，他們不也撥出一些錢嗎？」她說。

「那些小孩生在一個快垮臺的國家，本身又殘障，現在被接來全世界最頂尖的國家，不愁吃穿。」

他說，「誰有這種本事？大企業嗎？還是政府？」

「一對民間的夫妻。」她說。

「兩個人眞的很有遠見。」他說。

大家無言許久，默默仰慕這對夫婦的義舉。

「只不過，聽他對老婆口氣那麼衝，看不出他是大善人。」她說。

「呃，她對老公講話，有時也兇得不得了。」他說。

「有時候是他先對老婆兇，老婆轉過來兇回去。」她說。

「這就像世上先有雞或先有蛋的問題。」他說。

「只是兇了點而已。」她說。

「話雖這麼說，大家還是忍不住敬愛弗萊明夫婦。」他說。

「我們要是能那麼慈善就好了。」她說，「我們什麼時候救過俄國嬰兒了？」

「嗯，我們還好。」他說，「憑我們的財力，載不動一整架飛機的俄國嬰兒，不過我想，以我們有限的資源，我們做的倒是還好。」

「我們連一個俄國嬰兒都接不過來。」她說，「即使是加拿大兔唇兒，也超出我們的財力範圍。」

「我們大概要開車去加拿大，才能把小孩接過來。」他說，「不過，接過來又能怎樣？我們負擔不起手術費，沒錢讓小孩唸大學。所以，嬰兒只好從加拿大搬來美國，嘴唇的缺陷還在。」

「有件事，我們對你們說過嗎？」萊恩媽說，「我們要加開五間店面。在三大都會區加開五間店。每間都有一座噴泉。」

「太好了，媽。」萊恩說。

「那太好了。」雷妮說。

「如果這五間店的生意夠好，接著再加開三、四間，到那時候，說不定可以重新談談俄國兔唇兒的問題。」萊恩爸說。

「你們兩個一直都令人敬佩。」萊恩說。

雷妮抱嬰兒出去。

「我想抱嬰兒出去走走。」她說。

四

生小孩為雷妮帶來不少災難。雷妮似乎胖了一圈，性格也少了一分爽朗。此外，也顯得蒼白，像被人用濾色光束照向她的頭髮和臉。

嬰兒確實長得像小矮人。

小矮人嬰兒看著一隻小鳥，指著小鳥。

「鳥。」雷妮說。

小矮人嬰兒看著棒透了的游泳池。

「游泳用的。」雷妮說，「你還不行，長大再說，好嗎？」

小矮人嬰兒望天。

「雲。」雷妮說，「雲會生雨。」

嬰兒好似以眼神逼問著她：快啦，快解釋這是什麼鬼東西，我弄懂了，以後可以開幾間店。

嬰兒望著我。

雷妮差點把嬰兒掉在地上。

「阿麥，我的天啊。」她說。

她旋即似乎想起一件事，匆匆走回門廊上的門邊。

「萊？」她呼喚，「萊大人？可以幫我抱一下瑪特哈特嗎？」

萊恩接下嬰兒。

「愛妳。」我聽見他說。

「更愛你。」她說。

然後她走回來，懷裡沒有嬰兒。

「我叫他萊大人。」她說著臉紅。

「我聽見了。」我說。

「阿麥。」她說，「那件事是不是你做的？」

「我可以進去嗎？」我說。

「今天不行。」她說。「明天吧。不行，星期四。他爸媽住到星期三。你星期四再來，我們到時候再討論個清楚。」

「討論什麼？」我說。

「討論你能不能進門。」她說。

「這成問題嗎?我怎麼不知道?」我說。

「是不是你做的?」她說。

「萊恩好像還不錯。」我說。

「唉,天啊。」她說,「簡直是我認識過最善良的人。」

「打人的時候例外。」我說。

「什麼跟什麼呀?」她說。

「媽告訴我了。」我說。

「告訴你什麼?」她說,「說萊恩會打人?打我?是媽說的?」

「別告訴她,我不應該告訴妳。」我說,有點心慌,和從前一樣。

「媽的腦筋脫線。」她說,「媽神經失常了。常講這種瘋話。你知道誰會挨打嗎?是媽。我要修理她。」

「妳爲什麼不寫信告訴我媽的事情?」我說。

「她的什麼事情?」她語帶疑心。

「她病了?」我說。

「她告訴你了？」她說。

我握拳按在頭頂。

「什麼意思？」她說。

「瘤？」我說。

「媽才沒有瘤。」她說，「她心臟爛掉了。是誰說她有瘤？」

「哈利斯。」我說。

「喔，哈利斯啊，棒透了。」她說。

在屋內，嬰兒開始哭。

「走。」雷妮說，「我們星期四再聊。不過，先看看這個再走。」

她以雙手扶住我的臉，把我的頭扭向窗戶，窗內是萊恩，正在廚房洗手臺爲奶瓶加溫。

「看起來像打老婆的人嗎？」她說。

「不像。」我說。

確實一點也不像。

「天啊。」我說，「這附近還有講實話的人嗎？」

「我。」她說，「和你。」

我看著她，霎時重回童年，她八歲，我十歲，兄妹躲進狗屋，爸媽和童妮阿姨正在嗑魔菇，把後院平臺弄得亂七八糟。

「阿麥。」她說，「我非知道不可。是不是你做的？」

我扭頭掙脫她的手，轉身就走。

「去看你自己的老婆吧，呆瓜！」她對著我的背後喊，「去看你自己的嬰兒。」

五

媽站在前院草坪上，對著一個矮胖的男人吼叫，哈利斯在後面走動，不時捶東西或踢東西，以顯示他被激怒時能變得多嚇人。

「這是我兒子！」媽說，「當過兵。剛退伍回家。你竟敢對我們做這種事？」

「我很感激你爲國效命。」男人對我說。

哈利斯踹金屬垃圾桶。

「能麻煩你叫他不要再踢了嗎？」男人說。

「我生氣時，他控制不了我。」哈利斯說，「沒人能控制我。」

「你以爲我喜歡這樣嗎？」男人說，「她四個月沒付房租了。」

「三個月。」媽說。

「你這樣對待一個英雄的家人嗎？」哈利斯說，「他去國外打仗，你卻在這裡虐待他母親？」

「朋友，抱歉，我不是在虐待她。」男人說，「我必須強制驅逐她。如果她付房租還被我趕走，那才叫做虐待。」

「我還在教會上班咧！」媽喊。

男人雖然矮胖，膽子卻大得令人佩服。他進屋子裡，搬電視機出來，面帶一副無聊的表情，好像電視是他的，他喜歡擺在院子看。

「不行。」我說。

「我感激你爲國效命。」他說。

我揪住他的襯衫。這時我已練就一身好工夫，懂得揪住別人衣服的要領，瞪著對方的眼睛，面對面講話。

「這棟房子是誰的？」我說。

「我的。」他說。

我一腳伸向他身後，拐了一下他的腳，把他扳倒在草地上。

「輕一點。」哈利斯說。

「已經很輕了。」我說，然後把電視搬回屋裡。

六

當天晚上，警長率領幾個搬家工前來，清空屋裡，東西全扔在草坪上。我看見一票人走來，急忙從後門出去。巢斯敦家後面有一座如獵鹿高臺般的陽臺，我坐上去，從嗨街觀看全部過程。

媽在前院，雙手抱頭，在越堆越高的家當之間穿梭，一切顯得像鬧劇，也不像鬧劇。我的意思是，每當媽有深刻的感受時，她會有鬧劇般的舉動。照這麼說，這種舉動不算鬧劇吧，我猜？

最近我常有種感覺，腦中的盤算會直接衝向手腳。這種感覺來襲時，我只能不加思索隨性所至。我的臉會發燙，有點像催自己：衝、衝、衝。

這種感覺對我很有幫助，多數時候是。

此刻，衝向我手腳的盤算是：抓住媽，推她進屋子，叫她乖乖坐，把哈利斯也趕進門，叫他乖乖坐，然後放火燒屋，或者，至少做頭幾個動作示意要放火燒屋，集中他們的注意力，逼他們舉止像個成年人。

我飛奔而下，推媽進屋子，叫她坐在樓梯上，揪住哈利斯的上衣，一腳拐倒他，讓他坐地板，然後點一支火柴，扔向樓梯地毯，等地毯一起火，我豎起一根手指，像在說：閉嘴。這時，我體內竄流過去黑暗記憶遺留的狠勁。

兩人害怕得講不出話，我內心一陣羞慚——自知道歉也無濟於事的那種羞慚，而唯一能做的只有走去外面，再多製造一點會讓自己羞慚的事端。

我踩熄地毯的火，走向格利森街。喬依帶著嬰兒們，就和那個混帳住在那條街。

七

這簡直是當頭棒喝嘛！他們的房子居然比雷妮家更豪華。

屋裡很暗。車道上停著三輛車。這表示全家都在，已經上床就寢。

我站在外面，稍微思考一陣。

然後，我走回鬧區，進一家商店。我猜這是家商店。只不過我分辨不出他們賣什麼。黃色的櫃檯上，由內向外打的燈照亮商品上厚重的藍色塑膠標籤。我拿起其中一個，上面印著「吾嗓至大」

（MiiVOXMAX）。

「這是什麼？」我說。

「如果是我，我會問這是做什麼用的。」小孩說。

「這是做什麼用的？」我說。

「其實，」他說，「另一款可能比較適合你。」

他遞給我一個外觀完全相同的商品，標籤上面寫著「吾嗓極小」（MiiVOXMIN）。

另外來了一個小孩端給我義式濃縮咖啡和餅乾。

我放下「吾嗓極小」，拿起「吾嗓至大」。

「多少？」我說。

「你指的是錢？」他說。

「這能做什麼？」我說。

「這嘛，如果你問的是，這是資存或資階域？」他說，「答案是，也不是。」

這兩個店員滿溫順的，絲毫未皺起眉頭。我說他們是小孩，其實他們的年紀和我差不多。

「我滿長一段時間不在國內。」我說。

「歡迎回國。」先來的孩子說。

「你去哪裡了？」後到的孩子說。

「上戰場？」我尾音上揚，儘可能用最傷人的語氣說，「外面正在打仗，你沒聽過嗎？」

「聽說過。」先來的孩子語帶敬意，「謝謝你爲國效命。」

「哪一場？」後到的孩子說，「不是有兩場戰爭嗎？」

「其中一個不是喊停了？」先來的孩子說。

「我表哥去了。」後到的孩子說，「去其中一個。咦，好像吧。我知道他本來要去的。我跟他不是很熟。」

「總之，謝了。」先來的孩子說著伸出手，我跟他握一握手。

「我原先不贊成。」後到的孩子說，「不過我知道，你好像不太順從。」

「呃。」我說，「不對。有點。」

「你是以前不贊成，或現在不贊成？」先來的孩子對後到的孩子說。

「都不贊成。」後到的孩子說，「咦，現在還在打嗎？」

「哪一場？」先來的孩子說。

「你去過的那一場，還在打嗎？」後到的孩子問我。

「對。」我說。

「你看好或看壞？」先來的孩子說，「呃，以你的看法，我們會不會打贏？唉，問什麼問嘛。我根本不在乎，問這些東西太可笑了吧。」

「總之。」後到的孩子說著伸出手，我跟他握一握手。

兩個店員待人好親切，態度開放又不猜忌，對我如此支持，因此我帶著微笑走出店門，過了一條街，才發現手裡仍握著「吾嗓至大」。我走到路燈下面，仔細看一看，似乎只是一個塑膠標籤，好像是，想買「吾嗓至大」的人拿這個標籤去結帳，到時會有人去幫你拿「吾嗓至大」，誰知道是什麼東東。

八

應門的人是混帳。

他的名字叫埃文。我們唸過同一間學校。我對他印象模糊，只記得他頂著印第安頭飾，在走廊跑來跑去。

「麥克。」他說。

「我可以進去嗎？」我說。

「我想我必須拒絕你。」他說。

「我想見見小孩。」我說。

「已經半夜十二點多了。」他說。

我很清楚他在撒謊。半夜了，商店還不打烊嗎？話說回來，月亮高高掛，空氣溼意重，而且飄著感傷的氣息，似乎說著，唉，時間不早了。

「明天吧？」我說。

「你方便嗎？」他說，「等我下班回家？」

我發現，我們形成理性相待的默契。理性相待的一個方式是，每句話都以問號結尾。

「六點左右嗎？」我說。

「你六點方便嗎？」他說。

我從來沒有親眼見過他們兩個在一起。躺在他床上的老婆會不會根本不是她。

「我知道這對你不輕鬆。」他說。

「你搞砸了我的一切。」我說。

「容我抱持相反的意見。」他說。

「才怪。」我說。

「我沒有惡搞你，她也沒有過。」他說，「對三方而言，這情勢都很艱難。」

「總有人會覺得比其他人更艱難。」我說，「你該承認這一點吧？」

「我們得要實話實說嗎？」他說，「還是避重就輕，迴避衝突？」

「講實話。」我說。這時他的神態又令我看他順眼。

「日子難過，是因爲我覺得爛透了。」他說，「她的日子難過，是因爲她覺得爛透了。我們的日子難過，是因爲一方面覺得爛透了，另一方面也有很多其他感覺，而這些感覺過去和現在都一樣眞實，可以說是福氣。」

聽到這裡，我開始覺得像傻瓜，像是自己被一群男人押著，好讓另一個傢伙過來，舉著靈修拳，戳進我的屁眼，一面還解釋說，拳戳屁眼萬萬不是他的第一志願，做起來其實讓他覺得更矛盾。

「六點？」我說。

「六點最好不過了。」他說，「幸好我上下班時間有彈性。」

「你不必在家。」我說。

「假如易地而處，你也許會覺得我有在家的必要？」他說。

一輛車是紳寶，一輛是凱迪拉克，第三輛是新款的紳寶，裡面有兩個嬰兒座椅，以及一隻我不熟悉的玩具小丑。

兩個成年人開三輛車，我在心裡嘟噥。這國家太了不起了。我老婆和她的新老公是多麼自私的一對雜碎。我能預見到，過幾年，我的兩個嬰兒會慢慢轉變爲自私雜碎嬰，然後變成自私雜碎幼兒、兒童、青少年、成人，我在這期間一直鬼鬼祟祟出沒，像個不乾不淨、不清不白的叔叔。

他們這一區到處是城堡。其中一棟，裡面有一對正在擁抱。另一棟裡面有個女人，桌上擺著差不多九百萬個耶誕小屋，像在清點庫存似的。河對岸的城堡比較小。到了我們那一區，房子像農舍。有一間農舍裡有五個小孩，站在沙發後面靜止不動，接著一同跳起來，把幾條狗嚇得抓狂。

九

媽的房子空了。媽和哈利斯坐在客廳地板上，電話一通接一通打，想找個地方借住。

「現在幾點？」我說。

媽抬頭，望向以前掛時鐘的地方。

「時鐘在人行道上。」她說。

我出去。時鐘被一件外套蓋住。十點。埃文果然惡搞我。我考慮回去，堅持見小孩，但等我走到他們家也已經十一點，「時間不早了」的理由依然成立。

警長走進門。

「不必站起來。」他對媽說。

媽站起來。

「起來。」他對我說。

我保持坐姿。

「克里司就是被你扳倒的？」警長說。

「他剛從戰場回國。」媽說。

「感謝你爲國效命。」警長說，「可以接受我的請求嗎？請你今後儘量不要再扳倒人了。」

「他也扳倒過我。」哈利斯說。

「我這人不喜歡動不動逮捕退伍軍人。」警長說，「我本身就是退伍軍人。所以，如果你幫幫我忙，不要再扳倒別人，我就能幫幫你忙，不要逮捕你。就這樣說定？」

「他本來還打算燒掉這棟房子。」媽說。

「我不建議燒掉任何東西。」警長說。

「他累歪了。」媽說，「看他就知道。」

警長從來沒見過我，但他的立場像是，如果承認沒見過我，等於承認無從評估我的外觀，等於他不夠專業，有損顏面。

「他看起來很累。」警長說。

「不過，力氣還滿大的。」哈利斯說，「抓住我，一扳就倒。」

「你們明天住哪裡？」警長說。

「有什麼建議嗎？」媽說。

「朋友啦，家人啦？」警長說。

「雷妮家。」我說。

「親友都沒著落，也可以去菲里斯登街的收容所？」警長說。

「我拒絕去住雷妮家。」媽說，「她家裡所有人眼睛都長在額頭上。不去投靠她，他們都已經覺得我們沒水準了。」

「呃，我們本來就是。」哈利斯說，「跟他們沒得比。」

「我也拒絕做去住嗶嗶的收容所。」媽說，「收容所有陰虱。」

「我們開始交往的時候，我就是從那間收容所傳染到陰虱。」哈利斯熱心補充說明。

「發生這種事，我也遺憾。」警長說，「搞得天翻地覆的。」

「就是嘛。」媽說，「我在教會上班，而且兒子是英雄，領到銀星勳章耶。拉住一個海陸軍人的腳，把整個人救出來耶。我們收到褒揚信了。結果現在呢？老娘變成遊民。」
警長早已聽不進去，正等著語氣停歇的空檔奪門而出，回去辦他的正事。
「去找個地方住吧，各位。」他邊走邊說，誠懇建議。
哈利斯和我合力拖兩個床墊進來，床單和棉被全在，可惜他們的床墊一側沾有草漬，枕頭有泥巴的臭味。
接著，我們在空曠的房子裡渡過漫長的一夜。

十

上午，媽打電話，給幾個她剛生小孩時認識的女人，可惜其中一個脊椎脫臼，另一個得了癌症，第三個生的雙胞胎剛被診斷出躁鬱症。
在日光照耀下，哈利斯的膽子又大起來。
「這個軍法審判嘛。」他說，「是你遇過的事情裡面最慘的一件嗎？或者說，還有更慘的事，只是沒被揪出來？」
「已經判無罪了啦。」媽說得簡明扼要。

「哼，我那個擅闖私人物業的案子，不也被判無罪？」哈利斯說。

「礙到你了嗎？」媽說。

「他說不定想講出來。」哈利斯說，「心情會舒坦一點，對心靈有好處。」

「看看他的臉，老哈。」媽說。

哈利斯看我的臉。

「對不起，我不應該提。」他說。

後來，警長又上門。他命令我和哈利斯把床墊拖出去。在門廊上，我們看著警長在門上扣大鎖。

「十八年來，你是我甜蜜的家園。」媽說。大概是電影裡蘇族原住民的臺詞。

「建議叫一輛廂型車過來搬。」警長說。

「我兒子爲國家上戰場耶。」媽說，「我卻落得這種下場。」

「我昨天來過，今天還是我。」警長不知爲何雙手貼臉頰說，「記得我嗎？妳昨天說過了。我昨天感謝他爲國效命。叫車來。否則妳的爛東西全進垃圾箱。」

「竟然對一個在教堂上班的女士做這種事。」媽說。

媽和哈利斯在家當裡東挑西撿，找到一只行李箱，在裡面裝滿衣物。

然後我們開車去雷妮家。

我感覺好戲快上場囉。

十一

只不過，對，也不對。那只是我的感覺之一。

另一個感覺是，唉，媽，我記得妳紮兩條辮子的青春模樣，現在我寧死也不肯看妳被人踐踏。

另一個感覺是，妳這個瘋婆子，昨天晚上竟敢掀我的底、出賣我？

另一個感覺是，媽，媽咪，讓我跪在妳腳邊，訴說我在阿爾——拉茲戰場和史謬登及瑞奇做過的事。妳聽了摸摸我的頭，告訴我說，換成任何人，都會做同樣的事情。

車子駛過羅爾溪橋時，我看得出媽在想什麼：讓雷妮拒收我吧，看嗶嗶的老娘敢不敢把那個嗶嗶砍得嗶嗶嗶嗶。

但是，車一過橋，被溪水吹涼的風變回一般風，她的表情變成：上帝啊，如果雷妮敢在親家面前拒收我，如果親家敢再把我當成垃圾看待，我一定會死，當場死掉。

十二

雷妮果然在親家面前拒絕收留她，親家果然把她當垃圾看待。

但她沒死。

我們一進門，他們一家子的表情太絕了。

雷妮滿臉震驚。萊恩滿臉震驚。萊恩的爸媽拼命不要顯得震驚，結果到處撞翻東西。萊恩的爸想顯得快活／好客，上前招呼時身手太魯莽，撞倒一支花瓶。萊恩的媽撞掉一幅畫，穿著紅毛衣的她連忙雙手交叉接住、捧著。

「是這個貝比嗎？」我說。

媽又跟我造反。

「不然呢？」她說，「啞巴侏儒嗎？」

「這個是瑪特尼，對。」雷妮邊說邊作勢要我抱嬰兒。

萊恩清一清嗓門，瞪雷妮一眼，像在說，好老婆啊，我們不是溝通過了？

雷妮爲嬰兒改變方向，已伸出的雙手順勢向上急轉彎，彷彿如果舉得夠高，就能否定給我抱的必要，因為嬰兒這麼靠近天花板的燈之類的。

很傷人。

「媽的。」我說，「你以為我想幹什麼？」

「進我們家，請不要說髒話。」萊恩說。

「請不要告訴我兒子該說什麼嗶嗶的嗶嗶話。」媽說，「他上過戰場耶。」

「感謝你為國效命。」萊恩爸說。

「沒關係，我們可以去住旅館。」萊恩媽說。

「不准你們去住旅館，媽。」萊恩說，「他們可以去住旅館。」

「我們才不去旅館。」媽說。

「沒關係，你們可以去旅館，母親大人。妳最喜歡高級旅館了。」雷妮說，「尤其是在我們掏腰包的時候。」

連哈利斯也在緊張。

「旅館聽來不錯啊。」他說，「許久不曾投宿像旅館這種美好的地方。」

「妳哥是剛從戰場回國的銀星勳章英雄，妳的生母在教會上班，妳竟然叫他們去住什麼爛旅社？」媽說。

「對。」雷妮說。

「至少讓我抱抱嬰兒吧?」我說。

「有我在,休想。」萊恩說。

「珍和我希望你明白,我們過去和現在都一直支持國軍的任務。」萊恩爸說。

「你們在那邊蓋了好多學校,很多人不曉得吶。」萊恩媽說。

「大家常常把焦點放在負面新聞上。」萊恩爸說。

「不是有句俗語嗎?」萊恩媽說,「欲造什麼什麼的,必先毀一大堆什麼什麼的?」

「我認爲他可以抱抱嬰兒。」雷妮說,「大家都站在這裡看著,沒關係吧。」

萊恩蹙眉搖頭。

嬰兒蠕動著,好像也相信自己的命運即將被裁決。

這麼多人以爲我會傷害這嬰兒,讓我不禁想像傷害這嬰兒的景象。只是大腦想像一下,表示我眞的會動手傷害嬰兒嗎?我到底想不想傷害嬰兒呢?天啊,才不想。但我現在無意傷害嬰兒,是不是表示,我在迫不得已的狀況下,也不會傷害嬰兒?在不久前,我是否有過以下的經驗:原本無意做X事,後來卻突然發現自己正在做X事?

「我不想抱嬰兒。」我說。

「感激。」萊恩說，「你有雅量。」

「我想抱的是這支水瓶子。」我說著拿起一個帶把的水瓶，當成嬰兒，高高舉起，裡面的檸檬水溢出來，在硬木地板上形成好大一灘水漬，然後砸碎瓶子。

「你們傷透了我的心！」我說。

說完出門，走在人行道上，快步走。

十三

然後回到那間商店。

店員換人，這兩個比較年輕，有可能還在唸中學。我把「吾嗓至大」的標籤交還給他們。

「哇塞，屌喔！」其中一個說。「我們還在猜它跑哪裡去了咧。」

「本來準備報警了。」另一個說，端著義式濃縮咖啡和餅乾過來。

「值錢嗎？」我說。

「哈，喔，哇。」小孩一說，然後從櫃檯下取出某種特製的布，擦一擦標籤，放回櫥窗裡。

「是什麼東西？」我說。

「要是我問，我會問它是做什麼用的。」先來的小伙子說。

「是做什麼用的？」我說。

「這一個可能比較適合你。」他說著遞給我「吾嗓極小」。

「我好一陣子沒在國內了。」我說。

「我們也是。」後到的小伙子說。

「我們剛從陸軍退伍。」先來的小伙子說。

接著，大家輪流說出自己的駐地。

沒想到，我和先來的小伙子的駐地差不多在同一個地方。

「咦，所以說，你待過阿爾——拉茲？」我說。

「絕對是待過阿爾——拉茲。」先來的小伙子說。

「我從沒淌過那灘渾水，我承認。」後到的小伙子說。「不過，我有次開著堆高機，壓到一隻狗。」

我問先來的小伙子是否記得那隻乳羊、那堵彈痕纍纍的牆壁、那個愛哭的小娃兒、那座陰暗的拱門，以及從灰漆斑駁的屋簷轟然飛出來的那群鴿子。

「我沒去過那邊。」他說。「我的地方比較靠近河邊，那裡有一艘倒放的小船，有那個全家一身紅的小家庭，不管往哪裡看，老是看見他們冒出來。」

我完全知道他待的地方是哪裡。在鴿群轟然飛散之前和之後，我的確見過紅衣人，次數多到數不清，在地平線上，在河邊，總有紅衣人在懇求、在彎腰、在逃竄。

「幸好後來那條狗沒事。」後到的小伙子說，「活下來了。在我離開之前，他已經能坐進堆高機，坐在我旁邊。」

一口子的印度人走進來，大人小孩總共九人，後到的小伙子端著咖啡和餅乾過去。

「阿爾——拉茲，哇。」我以試探的口吻說。

「以我來說嘛。」先來的小伙子說，「阿爾——拉茲是整件事最慘的一天。」

「對，我也覺得是，沒錯。」我說。

「我在阿爾——拉茲搞出一個大狀況。」他說。

我忽然覺得呼吸困難。

「我弟兄梅文。」他說：「鼠蹊被碎片打個正著。爲了我。因爲我拖太久才回報。事情發生之前，附近的轉角有間商店，裡面有大概十五個小妞，正在慶祝什麼的，裡面也有小孩。所以我拖太久。苦了梅文啊。遭殃的是他的鼠蹊。」

現在，他等我自述我搞出什麼飛機。

我放下「吾嗓極小」，拿起來，放下。

「還好，梅文後來沒事。」他說，然後以兩指點一點自己的鼠蹊。「回家了，正在唸研究所。據說還能打炮。」

「爲他高興。」我說，「搞不好，他哪天甚至能坐進你的堆土機，坐在你旁邊。」

「什麼？」他說。

我看牆上的時鐘，似乎看不見指針，只有黃黃白白的花樣在移動。

「你知道現在幾點嗎？」我說。

他抬頭望時鐘。

「六點。」他說。

十四

走在街上，我找到公用電話，撥給雷妮。

「對不起。」我說，「摔碎那支水瓶。」

「喔，嗯。」她以不夠高尚的語調說，「買一個還我就好。」

我聽得出她想和好的心意。

「不要。」我說，「別想叫我還。」

「你在哪裡，阿麥？」她說。

「哪裡也不在。」我說。

「你要去哪裡？」她說。

「回家。」我說完掛電話。

十五

踏上格利森街，走著走著，那種感覺又來了，手腳不太清楚自己想做什麼事，卻一概推開擋路的人/物，進去，見東西就扔，砸個稀爛，想到什麼就罵什麼，看看會有什麼結果。

我像坐在一個名叫「恥」的溜滑梯上。懂我的意思嗎？中學有一次，有人付錢找我去清池塘，他叫我用耙子將髒東西勾出來，甩在池邊。我工作到一半，耙頭竟然脫落，掉在池邊那堆髒東西上。我走過去撿耙頭，發現那堆東西上有數不清的蝌蚪，有的死了，有的半死不活。我不懂牠們發育到什麼階段，只知道每隻像孕婦挺著大肚皮。全死蝌蚪和半死蝌蚪的相同點：突然被髒東西重重甩中的時候，牠們柔軟的白肚皮全爆開。不同的是：只有半死的蝌蚪癲狂、懼怕地搖頭擺尾。

我捨不得，想救牠們的命，可惜蝌蚪的身體好柔軟，被我這麼一抓，反而受到更嚴重的折磨。也許某某人可以去建議付錢給我的人，說：「呃，我做不下去了，害死那麼多蝌蚪，心情很差。」但我無法採取行動。所以我繼續一耙一甩。

每一耙，每一甩，我心裡想著，越來越多蝌蚪被我開腸破肚了。

而我卻持續耙甩，令我開始對青蛙一肚子火。

感覺如下：一，我是爛人一個，明知這是壞事，卻反覆做個沒完。二、嚴格說來，這不是什麼壞事，只是稀鬆平常的行為，而為了證實這種行為很稀鬆平常，於是繼續一做再做。

幾年後，在阿爾——拉茲，類似的感覺浮上心頭。

房子到了。

在這棟房子裡，他們煮食、歡笑、幹炮。在這棟房子裡，將來如果有人提起我的名字，所有人會噤口，喬依會說：「雖然埃文不是你們的親生爸爸，我和埃文爸爸都認為，你們不必常常跟在麥克爸爸身邊，因為我和埃文爸爸眞正關心的是你們兩個健健康康長大，身體強壯，而為了創造這樣的成長環境，有時候媽咪和爹地需要多費一點苦心。」

我看車道上是否有三輛車。三輛車意味著：全家都在。我要不要全家呢？要。我希望全家都在，甚至包括兩個嬰兒在內，希望他們見證、參與這件事，並遺憾我的遭遇。

結果，我看見的不是三輛車，而是五輛。

埃文在門廊上，不出我所料。門廊上有喬依、兩臺嬰兒車。媽也在。

哈利斯也在。

萊恩也在。

雷妮正踏上車道，步伐彆扭，背後跟著萊恩媽——拿著手帕按額頭，另一個是萊恩爸——腳有點跛，所以殿後。我以前沒注意到他跛腳。

你們？我暗罵。上帝動員來阻止我的，就是這群雜家軍嗎？笑到爆。他媽的太扯了。你們準備怎麼阻止我？憑你們的腰圍嗎？憑你們的善意勸解嗎？憑你們穿的Target平價百貨牛仔褲嗎？像你們這種有閒有錢的人，你們相信再難的事物談一談就能化解，以爲嘴皮動個不停，充滿希望，就能解決所有事，你們憑什麼攔我？

即將降臨的災難，彷彿在藍圖上一寸寸向外擴張，涵蓋了在場所有人，一個也別想活著走出去。

我的臉發燙，心裡的念頭是：衝、衝、衝。

媽坐在門廊鞦韆椅上，想站卻爬不起來，萊恩過去攙扶他，殷勤得很。

突然，我頭裡的某根筋軟化了，也許是因爲看到媽這麼衰弱而心軟吧，我垂下頭，拖曳腳步，溫順地走進無知的人群，心想：好，好，你們把我送走了，沒關係，現在帶我回家吧。想辦法帶我回家，否則你們會變成史上最悔恨莫及的一群狗雜種。你們這些欠幹的人。

騎士敗北記

又是火炬之夜。

九點前後，我去外面小便。後門的樹林裡有一座大水塔，是我們這條人造河的水源，附近有一疊舊鋼板。

唐．墨瑞從我身邊跑過去，神色慌張，接著我聽見有人在啜泣。在那疊鋼板附近，我發現幫廚瑪莎躺著，村姑裙被掀到腰。

瑪莎：那人是我的老闆。我的天啊，我的天啊。

我知道墨瑞是她老闆，因爲墨瑞也是我的上司。

突然間，她認出我的臉。

泰德，不要講出去，她說。求求你。這沒什麼大不了的。不能讓奈森知道。會要他的命。

說完，她一路狂奔到停車場，哭得眼袋發黑。

在四號城堡塔附近，一張粗製濫造的餐桌上擺滿豐盛的餐飲：豬頭、全雞、血腸。

墨瑞站在桌前，若有所思地叉著美乃滋沙拉。

他對我搖一搖頭，態度前所未有的友善。

女人家啊。他說。

來見我。隔天早上，我在置物櫃門上看到這張紙條。

瑪莎在墨瑞的辦公室裡。

泰德啊，墨瑞說。昨晚你目擊到一件事。那件事，如果戴上有色的眼鏡去看，可能不太對。瑪莎和我覺得很可笑。是不是啊，瑪莎？我剛給瑪莎美金一千，以免雙方誤會。現在瑪莎覺得，我們昨晚是在談戀愛。由於雙方都已婚，所以事後非常後悔。昨晚喝了幾杯，再加上火炬之夜的氣氛太浪漫，結果發生什麼事，瑪莎？

瑪莎：我們把持不住。談起戀愛。

墨瑞：你情我願的戀愛。

瑪莎：你情我願的戀愛。

墨瑞：不只這樣而已，泰德。瑪莎升官了。從幫廚升到流浪戲子。不過，在此強調一點，妳不是因爲談你情我願的戀愛而調升，瑪莎，一切純屬巧合。妳爲什麼升官？

瑪莎：純屬巧合。

墨瑞：純屬巧合，而且她敬業態度始終一把罩。泰德，你也升官了。從工友升到巡視衛兵。太棒了。我已經當六年的工友。我和MQ常用「憑我這身本事」這句話來互相揶揄對方。

艾琳會透過傳呼說：MQ，憂傷林裡面有人吐了。

MQ會回應：憑我這身本事，派我去？

或者艾琳會說：泰德，有位小姐的項鏈掉進豬圈，急得快拉屎了。

我會回應：憑我這身本事，派我去？

艾琳會說：快去。別開玩笑。她就站在我面前。

我們的豬是人造的，餿水是人造的，豬糞是人造的，儘管如此，進豬圈一點也不好玩，而且要穿涉水長統靴，要拖著「特選勁濾機」，還要幫小姐找項鏈之類的東西。想讓特選勁濾機發揮最大效能，必須先把假豬拉到一旁。由於電動豬設定爲「自動」，被拉的時候會繼續呼呼叫。如果拉豬的動作不對，姿勢看起來可能會很可笑。

路人甲可能會說：喂，快看，那男生正在替豬哺乳。

可能引起哄堂大笑。

因此，獲升巡視衛兵是我求之不得的好事。

目前，我是全家唯一有工作的人。媽病了，貝絲個性太害羞，很遺憾爸脊椎因爲最近修車被車壓到而挫傷。我們家有些窗戶也等著換新。整個冬天，貝絲害羞地拿著吸塵器到處吸雪。如果客人進家裡，她正好在吸雪，她會羞得吸不下去。

那天晚上回家，爸估算說，我們不久就能買一張調整床給媽躺。

爸：如果你一直步步高陞，說不定不久能爲我買一副護腰。

我：沒問題。包在我身上。

晚餐後，開車進鬧區幫媽拿止痛藥，幫貝絲拿抗羞藥，幫爸拿止痛藥，路過瑪莎和奈森家。

我按喇叭，探頭招招手，靠邊停，下車。嗨，泰德，奈森說。

最近好嗎？

唉，我們家太爛了，奈森說。看看這地方。爛啊，對不對？我怎麼也提不起精神來。

沒錯，他們家確實頗爛。屋頂的破洞用藍色床單布去補。幾個懦弱的小孩站在手推車裡，跳進一灘泥漿。一隻皮包骨的短腿馬站在鞦韆下面，猛舔自己，舔到破皮，好像渴望有朝一日投奔更舒適的生活環境，過著皮毛乾淨的好日子。

奈森說，很像是，這家的大人跑哪裡去了？

接著，他拾起地上的一張鼻涕糖包裝紙，想找地方丟，找不到，包裝紙又從手上墜落，黏在他的鞋子上。

倒楣啊，他說，從小倒楣到老。

髒死了，瑪莎說著替他撿走。

妳可別跟我一樣沉淪啊，奈森說。寶貝，妳是我的僅有。

我才不是，瑪莎說。你還有孩子們。

再出一次差錯，我就舉槍自殺，奈森說。

看他這麼被動，我有點懷疑他是不是說到做到。只不過，這種事，誰說得準呢？

奈森說，你們公司出了什麼事？我們家這位，最近心情超低潮的。可是她才剛升官哩。

我覺得瑪莎盯著我看，像在說：泰德，我的命運掌握你手裡。

我認爲這事應由她作主。在人生的路上，我不屬於勝利組，根據經驗，我傾向認同「沒壞的東西就別去修」的理念。進一步的道理是：「即使壞了也別修，因爲可能越修越糟。」這我也能認同。

因此我說，嗯，調升的壓力滿大的，有時日子反而更苦。

感激之情從瑪莎的笑臉表露無疑。她送我走回車子，給我三顆自己種的番茄。說句老實話，番茄看起來有點高齡，細小、怕羞、皺巴巴。

謝謝你，她低聲說。你救了我一命。

……

隔天一早，我的置物櫃多了一套巡衛制服和一個免洗杯，杯子裡有一粒黃藥丸。

可喜可賀，我心想，終於逮到機會扮演「先服藥後上台」的角色了。

職安部的布里吉斯夫人走進來，附帶一張這顆藥的物質安全資料表。

布里吉斯夫人：這藥只是一百毫克的「騎士人生」（KnightLyfe）。幫助你即興演出。服用騎士人生之後，最好多喝水。

我接下藥，走向皇殿。我應該在一道門前巡行，門內是國王沉思的地方。裡面確實有個國王：艾德·菲利普斯。我們的擬好的臺詞是：信使來了，衝過衛兵，轟然開門，國王罵信使魯莽，罵衛兵遲智，信使縮頭關門，與衛兵對話兩三句。

不久，嘉賓幾乎坐滿歡樂席。信使（本名凱爾·司波霖）衝過我身邊，轟然開門，艾德罵他魯莽，罵我遲智。凱爾縮縮頭，關門。

凱爾：冒昧違反皇規，容我致歉。

我忽然忘詞了。台詞應該是：莽撞意味著莽漢之熱忱。

結果我說：呃，沒關係。

凱爾是專業好手，一愣也不愣，把信封遞給我，說：此事至爲緊急，務請呈遞皇上欽啓。

我：皇上此刻心事重重。

凱爾：日理萬機而心事重重？

我：日理萬機而心事重重。

就在這個當兒，「騎士人生」發揮藥效了。我口乾舌燥。凱爾沒當眾修理我，我對他心存感激。我這才想到，我眞的喜歡凱爾。甚至愛他。像手足之情。像袍澤。高尚的袍澤情操。感覺像我倆一同挺過無數難關，例如，我倆似乎曾赴天涯海角，一起瑟縮在城堡牆腳，滾燙的焦油嘩嘩傾瀉而下，兩人相視黯然一笑，彷彿說著：苦難稍縱即逝，且讓我倆苟且偷生。隨後我們，喝！進攻。攀梯搶進，豪情喝斥，但我記不得喝斥的內容，也對進攻的結果毫無印象。

未久，凱爾離去，我欣然娛樂嘉賓，善用機智與利齒，暗喜人生之路苦盡甘來，終能散佈歡樂於蒼生。

旋即，恩主墨瑞前來，爲今日之喜樂大大錦上添花。

墨瑞擠眉愉悅，云：泰德，你跟我，應該抽空去渡個假吧？一起到外地去釣釣魚？或是露營之類的。

渡假之言令我心雀躍。三生有幸，始修得與此貴紳漁獵野營之緣！得以悠遊原野與蓊鬱林間！入夜得以憩息於幽舍，旁有溪澗潺潺流，駿馬低吟，伴吾人輕聲論理萬千，探討榮譽感、情義、危難、盡忠職守之奧祕！

奈何，造化弄人。

此時瑪莎登場，扮相爲幽魂，正名乃幽魂三，另有兩白衣女相隨（梅根與蒂芬妮）。三女僕裝神弄鬼尋開心，大鬧皇宮，搔搔鎖鏈，鬼哭神號，歡樂席之嘉賓身受紅索桎梏，無以動彈，驚呼嘶叫之聲不絕如耳。

瑪莎固然面有悅色，卻略帶哀愁往事之情（而我確知何等往事）。見此景，近日喜事連連的我也略爲黯然神傷。

瑪莎留意到我神色霎變，對我脫稿私語。

瑪莎：沒事了，泰德。我已經不放在心上了。眞的。我講的是眞心話。別再提了。

喔，美德崇高如山之女子心蓄苦水，竟肯屈身對我坦率訴衷曲，承諾將恥辱幽禁於心湖深處。

瑪莎：泰德。你還好吧？

對此我回應：誠然我近日未盡安康，心思渙散無常，惟當前已復原，疏於關照貴淑女之處，容我在此致上萬分歉意。

瑪莎：別亂來，泰德。

此時，墨瑞上前，一手按住我胸前制止了我。

泰德，我對天發誓，他云。不要再說了，否則別怪我把你扔進馬桶沖走。

誠然，吾心自諫云：我必致力扼制衝動，以免貿然躁進，勿將好運化爲厄運。

苦哉，人之心難測，亦不易馴服。

目視墨瑞之同時，萬念叢集我心，簇聚成雷雨雲。活人倘若不追求正義並仗義執言，豈不辜負上帝之恩典，豈不是浪擲生命？惡人逍遙法外，豈是樂事一樁？弱者無所恃，註定在人間一生一世受欺壓？思路至此，眞摯豪情逐漸充實我心，基於紳士不藏私之原則，我闊步進堂中，面對齊聚一堂之嘉賓，高聲宣誦肺腑之誠言：

——墨瑞恥佔瑪莎之便宜，違反其意志，於火炬之夜，強將男根置入女陰；

——猶有甚者，此無恥之徒多番以利益強求緘默，瑪莎現職便爲一例。

——再者，該徒亦以相同手段換取我的緘默，但我不願再沉默，因我同爲男子漢，願不計代價爭取正義。

我轉向瑪莎，傾首示意，欲求其證實上述言論之眞僞，無奈該女不願證實，僅凝視地面，含愧奔離。

墨瑞喚來警衛，藉此良機教訓我，拳打腳踢施暴，強行押我離去，推至街頭，踢土濺我身，並撕碎我工時卡，任風吹散，同時百般冷嘲熱諷，對我的羽毛帽更不留情，帽上其中一羽慘遭扭折。

我獨坐街頭，血淋淋，渾身瘀傷，最後鼓起僅存之尊嚴，回家尋求慰藉與溫情。身無分文，甚而不足購公車券（背包留齷齪地），遂舉足行走四刻鐘，直至夕陽西垂。回家途中，步步傷心反省著，礙於個人失策，竟將家人推進萬丈深淵，讓已貧苦無顏面之家人加倍難堪。

今後，父親之護腰無著落，母親亦無調整床，日後必備之各種藥方更無以籌錢添購。

未久，我發現置身中央大道上，附近有溫蒂漢堡店，有一間倒閉的澳美客牛排館，藥效漸消，情緒劇降，心知一旦仙藥褪盡，我將駐足於畫面不穩的電視機前，極力以我固有的低階詞彙解釋，冬雪將至（甚而如我前述，雪入吾宅），情況已難逆轉：我被開除了；忍辱遭開除！

此時，瑪莎致電我手機，嚴辭痛斥我愚行，聲聲難掩椎心之痛，對我可謂致命之一擊，令我心如刀剮。她說：感激涕零啊，泰德，你太糊塗了，沒注意到吧，我們住的這個鎮小得不得了啊，我的天啊，我的天啊！

言語至此，她開始嚎咷痛哭。

所言不假。風言風語確實在本鎮恣意飄散，不久終將飄進可憐的王八蛋奈森之耳。奈森得知髮妻慘遭蹂躪，難忍之餘必定心神徹底崩解。

唉，完蛋了。

今天眞倒楣。

抄捷徑，穿越中學體育場，路見練習美式足球用之假人數具，身影近似深諳沉默是金之眞人，宛如對著我嘲諷，我試圖安慰自己，據實以告爲正道，勇氣可嘉，但我感受不到安慰。感覺好奇怪。我怎麼搞的？爲什麼做那種事？我覺得自己是個徹頭徹尾的驢蛋，爲何不能見好就收，乖乖走較爲溫和的路線？我鑄下大錯了，眞的。從另一角度觀之，惡魔難道不曾視情勢採取穩健手段？爲何不能袖手旁觀，靜候墨瑞遭天譴的一天到來？但話說回來，我何德何能？我能呼風喚雨嗎？

可惡。

可惡啊。

幹。

這口怨氣日後將永難消化。

現在，我幾乎恢復原有的理智了。相信我，做自己並不是一件輕鬆的事。

咦，最後一點點藥好像剛剛被吸收了，產生最後一股回歸舊我的藥效，短暫而強大。剛才憑這股藥效，我志氣高昂，自信滿腔，因而誤入歧途。

我拖著身子上河岸，稍事逗留，見夕陽觸水，爲河與水中物遍灑金光，在萬物歸於寂靜之前投射萬丈光輝。

十二月十日

膚色蒼白的男孩頂著難看的馬桶蓋髮型，舉止似幼獸，拖著笨重的身體進溼衣物間，從衣櫃徵收父親的白大衣，進而徵收那雙被他噴上白漆的皮靴。這把鉛彈空氣槍不准漆成白色，因爲是姑媽克蘿依送的禮物。每次她來作客，總要求他把槍拿出來，好讓她對木頭的花紋大驚小怪一番。

今天的課題：走向池塘，確認河狸壩。他很可能會被拘留。被住在古岩壁裡面的物種扣押。牠們的身形矮小，但一走出岩壁立刻變大。而且會追人。這只是牠們的伎倆。他的沉著常令牠們自亂陣腳。他知道。而且自我陶醉。他會轉身舉槍，沉聲說：你們懂不懂這種人類工具的作用？

砰！

牠們是低界國的居民，簡稱低民。牠們跟他有一種弔詭的交情。有時候，他會成天爲牠們療傷。偶爾，他想開開玩笑，會在其中一隻逃走時，開槍射牠屁股。被射中的低民從此終生瘸腳，有的可以繼續再活九百萬年。

中彈的低民安穩躲進岩壁，會對同伴說，看看我的屁股。

同伴會集中過來看戈茲摩的屁股，彼此交換鬱悶的眼神：戈茲摩今後確將跛足長達九百萬年，嗚呼可嘆。

因爲，沒錯，低民怪腔怪調，確實像《歡樂滿人間》裡的那個男人。

自然而然引發的疑雲是，牠們最初是從地球的哪裡蹦出來的？

他很狡猾，低民關不住他。即使抓到他，也拉不進去岩壁裡。低民會把他綁在外面，然後鑽進岩縫，去烹調牠們特製的縮身靈丹，他趁這空檔，啪的一聲，掙脫繩索。低民綁人用的繩索古舊，他只要施展自我研發的「蛻迴功」，伸出所向披靡的前臂，就能迎刃而解。脫身之後，他會在低民的門口堵一塊固若金湯的窒息岩，讓牠們出不來。

事後，他想到低民會在岩壁裡垂死掙扎，越想越不忍心，於是回去搬開石頭。

其中一隻可能會從裡面說，哇哈，仁兄，多謝了，你確實是個可敬的對手。

有時候，牠們會反過來折騰他，逼他躺在地上仰望奔馳的雲朵，在他能忍受的範圍內對他施酷刑。牠們通常會饒過他的牙齒。走運了。因爲他連洗牙都怕。牠們對酷刑一竅不通。牠們從不對他的雞雞亂來，也不會對他的指甲動歪腦筋。他會乖乖躺著，搖著手腳在雪地上畫天使圖，把牠們氣得七竅生煙。有時候，牠們會祭出絕招，以爲這招能讓他早死早超生，卻不知他在校已聽過笨同學糗他幾百遍了。低民會這樣子糗他：哇塞，羅賓是男生的名字嗎？沒聽過耶。然後用低民的那種笑聲咯咯笑著。

今天，羅賓有預感，認爲低民可能會綁架蘇珊·卜列叟。羅賓在朝會室認識她。她是新來的女生，老家在蒙特婁。他就是喜歡蘇珊講話的樣子。原來，低民也喜歡她這種調調，所以腦筋動到她頭上，想抓她過來繁殖下一代，以補充越來越少的人口，也想叫她烘焙一些低民不會做的糕餅。

報告NASA，著裝就緒。說著，彆扭地轉身出門。

瞭解。已確定你方位。請謹慎出任務，羅賓。

嘩，冷死人了。

黃色小鴨溫度計指著攝氏零下十二度。沒把風寒指數計算在內。這才好玩。這才是玩眞的。一輛綠色日產車停在死巷池爾街和足球場的接口。希望車主不是什麼變態狂，不然他可要先跟這人鬥智。

車主也可能是假冒人類外觀的低民。

日光好耀眼，天藍，冷。橫越足球場，踩得雪地嗶啪響。爲什麼冷到這種程度會讓跑步的人頭痛？可能是「疾風加速度」的關係吧。

深入樹林的小路寬度相當於一個人類。這麼看來，低民確實綁走了蘇珊。可惡！低民和黨羽。足跡只有一組，由此研判，低民可能揹著蘇珊走。可鄙的小人。最好別趁機對蘇珊上下其手。果眞碰到魔爪，蘇珊無疑會怒火難扼，抵死不從。

令人憂心啊，令人萬分憂心。

追上綁匪和肉票時，羅賓會說：蘇珊，我知道妳不知道我叫什麼名字，因爲那次妳要我挪個位子讓妳坐，把我喊成「羅傑」，不過沒關係，我承認，我覺得我們有點緣份。妳也有同感嗎？

蘇珊有著一雙最令人驚艷的褐眼珠，現在眼眶溼潤，被突如其來的意外嚇得不知所措。

不要再跟她講話了，低民說。

誰管你，羅賓說。蘇珊，即使妳不認爲我們有緣，請妳放心，我還是會斬死這傢伙，護送妳回家。妳家住哪裡，我忘了。在艾爾西洛鎮嗎？旁邊有一座水塔嗎？水塔後面有幾棟房子滿不錯的。

對，蘇珊說。我們家也有一座游泳池。今年夏天一到，你應該來我家，你想穿著衣服游泳也沒關係。另外呢，對，我們是有點緣份。你是全班最有洞察力的一個男生。即使算上我在蒙特婁認識的男生在內，我想說簡直沒人比得上喲。

哇，好中聽喔，羅賓說。謝謝妳的讚美。我知道我不是最瘦的一個。

我們女生嘛，蘇珊說，女生比較看重內在美。

你們兩個不要再囉唆了，行不行？低民說。死期到了。兩個都是。

呃，某某人的死期確實是到了，羅賓說。

最鳥的問題是，羅賓告訴自己，你永遠也救不了誰的命。去年夏天，羅賓在外面發現一隻病奄奄的浣熊，本來考慮把牠拖回家，叫媽打電話找獸醫，可是他走近一看，太恐怖了。浣熊實際上比卡通畫的大太多了，而且這隻好像會咬人。所以羅賓跑回家，想至少弄點水來餵牠喝。回到浣熊身邊時，浣熊看樣子已經做完死命求生的動作。好悲哀。悲傷不是他的菜。那天在樹林裡，啜泣的前奏或許曾在他心中響起。

這表示你的心地善良，蘇珊說。

這……不知道啦，他謙虛回應。

路過卡車的一個廢輪胎。中學生常來這裡偷喝酒。輪胎裡面有三個啤酒罐，一床被揉成一團的毛毯，全被雪凍僵。

低民剛才帶著蘇珊通過這地方，曾消遣她說，妳八成喜歡嗨翻天吧。

不喜歡，蘇珊說。我喜歡玩。喜歡抱抱。

萬歲，低民說。悶到發泡。

世上總有喜歡玩玩抱抱的男人，蘇珊說。

羅賓這時走出樹林，來到他見過最美的景觀。池塘結冰成純白色，令他小小聯想到瑞士。他總有一天會知道瑞士長什麼樣。等瑞士人替他辦個花車遊行之類的。

在這裡，低民的足跡從小路消失，彷彿牠曾望著池塘出神深思片刻。也許這隻低民沒那麼壞。也許這隻低民揹著勇於抵抗的蘇珊，走到這裡，忽然良心發現，再也走不動了。至少這隻低民似乎有點喜愛大自然。

接著，足跡又出現在小路上，繞著池邊走，踏上雷克索丘。

咦，這個異物是什麼？一件大衣嗎？丟在長椅上？難道低民用這張長椅來殺害人類當獻祭品？大衣表面沒有積雪。摸摸裡面，仍有一絲絲溫度。

由此推斷，低民最近才棄置這件大衣。

此事懸疑難解啊。羅賓碰過匪夷所思的難題嗎？有啊，怎麼沒。有一次，腳踏車的握把吊著一件胸罩，被羅賓發現。也有一次，他在夫雷士諾餐廳後面發現一整盤沒吃過的牛排全餐，雖然看起來香噴噴的，他硬是忍住，沒拿起來大咬。

此事有蹊蹺。

接著他瞧見，有人正在爬雷克索丘，爬到一半。

是個禿頭沒有穿大衣的男人。超瘦。好像只穿睡衣褲。舉步慢慢爬坡，耐著烏龜的性子，蒼白裸露的手臂從睡衣鑽出來，像兩根枯枝從睡衣鑽出來。也像插在墳墓上的樹枝。

天氣這麼冷，什麼樣的人會扔下大衣不穿？神經病才會吧，一定是。那個人看起來有點像神經病。像納粹集中營的戰俘，像個可悲的糊塗老爺爺。

爸曾說過，羅，信任你自己的頭腦。你如果見到一團東西，聞起來像大便，不過上面寫著生日快樂，而且插著蠟燭，你認爲是什麼東西？

上面有糖霜嗎？小羅賓反問。

爸瞇著眼，表示答案還有一段距離。

大腦這時對他傳送的訊息是什麼？

這事不太對勁。天冷，人需要大衣。即使這人是成年人也一樣。池塘結冰了。黃色小鴨溫度計指著攝氏零下十二。如果這人是神經病，他更有理由去救。耶穌不是說過嗎，路見無法自救、太神經、太糊塗、或身心障礙者而相助，這樣的人有福了。

羅賓抓起長椅上的大衣。

這是一場救援行動。終於有機會眞的救人了，差不多算是。

十分鐘之前，唐諾．伊伯走到池塘邊，停下來喘喘氣。

好累啊。眞辛苦。歲月不饒人。以前他常牽著大腳怪來這裡散步，人狗一口氣繞六圈，還跑步上坡，摸到山頂的巨岩，然後才衝下山。

該走了，有人在伊伯的腦子裡說。一整個上午，有兩人不停在他腦殼裡討論事情。

是啊，如果你還有心上去摸巨岩的話，另一人說。

不好吧，我們覺得有點逞強。

其中一個聽來像爸，另一個像奇普．弗列米敘。

兩個外遇蠢男。這兩個男人玩換妻遊戲，然後把換到手的人妻甩掉，兩男攜手私奔加州。他們是同志嗎？或者只是有換妻癖？他們是有換妻癖的同志嗎？很久以前，他腦裡的爸和奇普已認罪，三人達成協議：他原諒他們可能是換妻癖同志，原諒他們拋下小伊伯，讓小伊伯自己去參加兒童木箱車大賽，只有媽媽陪他去。他們則同意適時給他一些男子漢的高見。

他求好心切。

這是爸說的。爸似乎有點站在他這邊。求好？奇普說。我可不會這樣說。

一隻北美紅雀掠過晴空。

好奇妙。眞的好奇妙。伊伯還年輕。伊伯才五十三歲。一生從未對全國觀眾發表過人間溫情論。也沒有乘坐獨木舟漂流密西西比河的經驗。也沒有和兩個嬉皮姐同居在溪畔林蔭A形小屋。一九六八年，他在奧沙克山那家紀念品店遇到兩個嬉皮姐，繼父亞倫當時戴著古怪的飛行員大眼鏡，買一包化石送他。其中一個嬉皮姐告訴小伊伯，他長大以後會帥成萬人迷，到時候他肯不肯打電話找她呢？說完，兩個黃褐髮的嬉皮姐姐交頭接耳一陣，嘻嘻笑談他能帥成什麼模樣。而她們的預言也沒——

最後也一直沒——

范爾修女曾說，爲何不立志成爲下一個甘迺迪總統呢？因此他競選班長。繼父亞倫送他一頂保麗龍草帽，和他一起坐下，拿著馬克筆在帽帶上寫：**與伊伯攜手勝選**！後面寫著：**隨緣最美**！亞倫也幫他錄製一捲政見卡帶，去外面拷貝三十捲回來，叫他「帶去傳」。

「你的政見不錯。」亞倫說。「而且你的口才好得不得了。你會成功的。」

果然成功。他勝選了！亞倫爲他辦了一小場慶祝會。請大家吃披薩。所有同學都來了。

唉，亞倫。

全世界最親切的男人。曾帶他去游泳。曾帶他去上西洋剪紙裝飾課。有天他被傳染頭虱回家，爲他耐心梳頭的人是亞倫。從來不曾對他大小聲等等。

病倒之後才變了一個羊。**樣**。可惡。講話越來越。怪。講話越來越力不從星。**心**。

亞倫病倒後，脾氣變壞。講了很多人不應該說的東西。對媽，對伊伯，對送水的送貨員。本來亞倫是個害羞的人，總是拍拍對方的背讓對方放心，後來卻被病魔折騰成一蠟白的軀殼，叫罵著**賤屄**！

他講話帶有美國東北岸的怪腔，所以罵成**簡必**！

第一次亞倫大罵**簡必**！小伊伯和媽小眼瞪大眼，不知亞倫罵誰，氣氛滑稽，講不出話。但後來亞倫改以複數人稱罵，以澄清對象。

顯然他是兩人都罵，讓母子鬆一口氣。

母子笑成一團。

哇，在這裡站多久了？白白浪費自光。

日光。

講句老實話，我本來也不曉得怎麼辦才好。幸好他大事化小。

自己一肩扛下來。

他本來就這種個性。

就是說嘛。

腦海裡的對話現在換成子女，裘蒂和湯姆。

嗨，小朋友。

今天是個大日子。

如果呢，有機會好好說個再見，應該更理想吧。

可是，要付出什麼樣的代價呢？

是啊。看——他知道。

他是父親，知道父親該做什麼事。

減輕親人的負擔。

自己吃苦的景象太悽慘，映在親人的腦海裡，可能一輩子難以磨滅，所以他不願拖累親人。

病倒不久後，亞倫變成**那東西**。任何人若想迴避**那東西**，不會遭人非議。有時，小伊伯會和媽躲在廚房裡，以免被**那東西**的怒火掃到。即使是**那東西**也懂狀況。家人端一杯水進來，放下杯子，以非常客氣的口吻問，亞倫，還要什麼呢？這時看得見**那東西**在想著：這些年來，我不曾虧待你們母子倆，現在我卻落得**那東西**？有時，溫柔的亞倫會躲在**那東西**裡面，以眼神傳達著，好了，走吧，求你趕快走，我盡了好大的力氣，才不至於罵你**簡必**！

瘦如竹竿，肋骨暴凸。

導尿管黏貼在老二上。

屎味幽幽飄散。

你不是亞倫，亞倫不是你。

這是伊伯的老婆茱麗說的。

至於史畢微醫師，醫師講不出話。不肯講。忙著在便利貼上畫雛菊。久久之後才開口說，嗯，要我實話實說嗎？好，這種東西繼續成長下去，往往會產生怪現象，但未必是嚇人的怪現象。我以前有個病人，他天天只喊著雪碧要喝。

伊伯聽了心想，親愛的醫師/救星/生命線，要雪碧喝才對吧?鄉巴佬，講話顚三倒四。最後大概會變那樣吧。心裡會想，我以後大概也會喊著雪碧要喝。轉眼間，好端端的人惡化成那東西，罵著簡必!在床上拉屎，還亂打那些手忙腳亂過來清理的人。

抱歉，我不要。

打死也不要。

星期三，他又摔下病床，躺在陰暗的地板上，他領悟到一個道理：我能爲家人省事。

是為我們省事?或是為你自己省事?

套句耶穌用語：退我後邊去罷。

退我後邊去罷，甜心。

一陣微風從上方吹來一長條直線形的白雪。好美。爲何如此造人?爲何人會把日常事視爲美景?

他脫掉大衣。

天啊，好冷。

摘掉帽子，剝掉手套，塞進大衣的袖子，把大衣留在長椅上。

這樣做，他們找到車子，沿著步道走來，就會發現大衣，明白他的心意。

伊伯能走這麼遠，算是奇蹟一樁。也不算是吧。他的身體一向健壯。有一次，他一腳受傷，還能跑完半馬。剛動過結紮手術，他照樣去整理車庫，沒問題。

今天稍早他躺在病床上，等茱麗去藥房拿藥。最難熬的莫過於這時刻。以平常語調喊再見。

他的心思飄向妻子。他以祈禱來集中注意力：讓我達成這個心願。主啊，讓我不要砸到自己的腳。別讓我丟臉。然我做得**乾**景。

讓。讓我做得**乾**景。

乾淨。

乾乾淨淨。

超前低民，交還大衣，預估時間多長？大約九分鐘。以六分鐘繞過池邊小路，外加三分鐘衝上山坡，像拯救蒼生脫離苦海的善鬼，像慈善天使，傳遞這份簡單的厚禮。

純粹是我個人的預估時間，NASA。是我隨便亂猜的。

我們知道，羅賓。合作這麼久，我們很清楚你行事多麼草率。

比方說你登陸月球時放屁。

比方說，你那次計誘梅爾，害他說：「報告總統先生，我們驚喜發現一顆小行星繞著天王星＊運行。」

這次的估計值特別靠不住。這個低民的腳程敏捷得令人意外。羅賓本身不是飛毛腿。他的腰圍有點廣。老爸預言，嬰兒肥過幾年將凝結成大塊肌，雄壯成美式足球的後衛。但願如此。現在他只能含羞挺著小激凸的女乳胸。

羅賓，快一點啦，蘇珊說。那老頭子好可憐喲。

他是個笨蛋，羅賓說。由於蘇珊太年輕，還不懂有些男人腦筋太鈍，總會爲不比他笨的人製造難題。

老頭子的時間不多啊，蘇珊說。她的口氣瀕臨歇斯底里。

知道，快到了，他安慰蘇珊。

我只是好怕好怕，她說。

算老頭走運，有我扛著他的大衣，爬這座大不拉基的山。坡路好陡，不是我拿手項目，羅賓說。

我猜這才是「英雄」的定義吧，蘇珊說。

我猜也是，羅賓說。

我不是有意催促不休，她說，不過，老頭好像越走越遠了。

妳有什麼建議？他說。

讓我冒昧建議一下，蘇珊說，因爲我知道，你認爲我倆能力不相上下，各有專長，智力和特殊創見方面之類的東西由我包辦，對不對？

對，對，願聞其詳，他說。

呃，以幾何學來考慮，掐指一算呢——

他明白蘇珊的思考方向。她的思維相當正確。難怪會愛上她。想追上老人，必須橫越結冰的池塘，略過環池小徑，才能爭取寶貴的幾秒。

等一等，蘇珊說。踩冰危不危險？

不危險，他說。我走過無數次了。

請千萬小心，蘇珊懇求。

呃，走過一次而已啦，他說。

你的態度好沉著喔，蘇珊的語氣是反駁的。

其實一次也沒有啦，他小聲說，不願嚇她。

你的勇氣是生氣凜然的，蘇珊說。

＊譯註：天王星（Uranus）和「你的肛門」同音。

他開始踏進池塘。

走在水面上的感覺其實滿酷的。夏天，池面漂著獨木舟。假如被媽看見，保證媽會勃然瞋怒。媽當他是玻璃兒童。因爲聽她說，他嬰兒時期動過手術。即使他使用訂書機，媽也會發動全面警報。

但媽是個好人。是個可靠的心輔員，能耐心指點兒子。她有著一頭浩瀚的銀絲，不抽煙而且吃素，嗓音沙啞。她從來沒當過驃悍的摩托女郎，學校有些低能同學卻聲稱她像。

他其實頗喜歡這個媽。

他現在橫越池塘大約四分之三，也就是百分之六十。

他和池岸之間有一片灰灰的區域。在夏天，有條小溪從這裡注入池塘。看來有點不太可靠。走到灰區邊緣，他用槍托去頂一頂。穩固得很。

他走上去。腳下的冰稍微動一下。大概這裡比較淺吧。但願如此。不妙了。

怎樣？蘇珊語帶懼怕。

不太好，他說。

還是掉頭回來吧，蘇珊說。

在人生初期，英雄總要迎戰恐懼，不正是我現在的心情寫照嗎？能克服恐懼心，眞正勇者才能出類拔萃吧？

絕不回頭。

可以回頭嗎？也許可以。其實應該回頭。

冰面垮了，男孩跌進池塘。

在裂隙底部的我緩緩入眠之際，一股美滿的感覺洋溢我心中，沒有恐懼，沒有不適，僅有在想起未完事物時興起淡淡一縷哀愁。這就是死亡嗎？我心想。死不過如此。

《那片教我謙遜之道的大草原》一書裡，對暈眩的現象隻字未提。

這位作者，你大名叫什麼？我忘記了。我想跟你講句話。

你這個大混帳。

伊伯抖得不像樣，像站在震央，頂在脖子上的頭也在亂顫。他停下腳步，對著雪地小嘔一陣，為藍白增添白黃。

恐怖。現在覺得好恐怖。

每一步都是一場勝仗。他必須記得這道理。每跨一步，他就能越走越圓。遠走越圓。月圓。每場勝仗多麼難能可貴啊。戰勝勁弟。

喉嚨深處有一種非講得字正腔圓不可的期許。

戰勝勁敵。戰勝勁敵。

唉，亞倫。

即使在你變成那東西，你仍是我的繼父。

請你明白這一點。

跌倒了，爸說。

一時之間，伊伯等著看自己會掉到什麼地方，會痛到什麼地步。接著，他的肚子被樹幹擊中。他發現自己呈胚胎姿勢，抱著樹幹。

沒屁放了。

哎唷，哎唷。受不了了。幾次手術下來，也歷經化療，他始終不哭，但他現在好想痛哭一場。不公平。這種事原本人人都碰得到，現在碰到的卻不是別人，而是他自己。他一直期望著神特別關照他，可惜蒼天屢次拒絕達成他的心願。常聽人說上蒼特別眷顧你，而自己走到人生盡頭，卻發現沒那回事。所謂的蒼天是不偏袒的東西。毫無關切之情。它平白無故動起來時，會壓垮凡人。

多年前，他和妻子茱麗去參觀「光明天體展」，見到一個大腦切片，裡面有個五分錢大小的褐斑。奪走大腦主人生命的，正是這個小小的褐斑。想必這人在世時也懷著希望和夢想，整個衣櫥裝滿長褲之類的，也珍藏著童年往事：例如，凱吉公園柳蔭下那群萬頭鑽動的錦鯉，祖母在飄散青箭口香糖香味的皮包裡翻找衛生紙，諸如此類。若非這個褐斑肆虐，這人可能活得好好的，正隨著這裡的人群走向中庭去吃午餐。但現在的他已作古，在別的地方散步，頭殼裡面無腦。

伊伯當時看著人腦切片，優越感油然而生。可憐的傢伙。碰到這種事眞倒楣。他帶茱麗逃去中庭，買來熱騰騰的司康，看著松鼠玩弄塑膠杯。

現在，伊伯以胚胎姿勢抱樹，摸索著頭上的疤痕。想坐起來。沒那份福氣。試圖利用樹幹的反作用力坐起身子。手合不起來。雙手環抱樹幹，一手握住另一手的手腕，順著樹幹站起來，然後背靠著樹坐下。

不賴吧？

還好。

其實很棒。

也許就這樣了。也許他最遠只到這裡。他的心願是盤腿坐在山頂巨岩上，但死就是死，死在哪裡有什麼差別？

現在他什麼事也不必做，一動不動就是了。強迫冥想。今天他之所以能驅使自己下病床、上車下車、走過足球場、穿越樹林，靠的就是強迫冥想的力量，念念不忘妻兒茱麗、湯姆、裘蒂躲在廚房裡滿心同情/厭棄，茱麗、湯姆、裘蒂被他痛罵得退縮，湯姆把這具瘦弱的軀體抱起來，好讓茱麗、裘蒂拿抹布擦掉——

照這樣一直冥想，就能成功。搶先排拒將來所有的屈辱。再也不必憂愁未來幾個月的苦醋。苦楚。

來了。是嗎？還不是時候。快了吧。再一小時？再坐四十分鐘？眞的要這樣嗎？眞的。眞的要嗎？即使回心轉意，仍有機會走回車上嗎？他認爲不可能。既來之則安之。保住尊嚴、終結苦海的大好良機正握在他手裡。

他只需要坐在原地不動。

我將永世不再抗拒。

專心在池塘的美景上，專心看樹林之美，靈魂即將回歸這片美景，極目所望之處美不勝收——

糟糕。

媽的，搞什麼鬼。

池塘上有個小孩。

穿白衣的小胖子。拿著槍。扛著伊伯的大衣。

兔崽子，把大衣放下，給我滾回家去，別管別人的閒——

可惡。可惡。

小孩用槍托敲一敲冰面。

不能讓小孩發現。怕在幼小心靈留下疤痕。只不過，小孩發現恐怖的事物是家常便飯。有一次小伊伯發現老爸和弗列米敘太太的裸照。太嚇人了。當然，再嚇人也比不過小孩發現一個盤腿冷笑的——

小孩在游泳。

池塘禁止游泳。池邊明明插著警語。禁止游泳。

這小孩的泳技不高明。兩腳在水面下亂踢一通。在小孩亂拍亂踢之下，黑水迅速向外擴張，每一動作逐漸將冰面的範圍——

不知不覺中，伊伯開始往下走。小孩落水，小孩落水，在他腦海反覆重播，他碎步向池邊推進，從一棵樹走向另一棵。面樹站著喘氣，好好認識一棵樹。這一棵有三個節瘤：眼，眼，鼻。這一棵從單株長成雙株。

倏然間，他不單是病危的患者，不只是一個夜半醒來、躺在病床上妄想「但願這不是眞的，但願這不是眞的」的病人，霎然搖身變回那個用冷藏室冰香蕉的人，拿出香蕉切成幾小塊，淋上巧克力；變回那個冒著大雨、站在教室窗外看著袞蒂上課的人，看那個紅髮小癟三爲何不肯給她選書的機會；變回那個大學生，彩繪一個個餵鳥器，週末拿到波爾德擺攤賣，戴著小丑帽，表演一點雜耍——

他又差點跌倒，及時站穩，固定在半蹲的姿勢，俯衝向前，面對著雪地趴下去，被突出的樹根敲到下巴。

忍不住想笑。

幾乎不笑不行。

他爬起來，固執地爬起來，右手變成血手。幸好他是強人。有一次在美式足球場上，他的一顆牙齒被撞飛了。後來中場休息時間，牙齒被艾迪·布藍迪克撿到。伊伯接下牙齒，甩掉。那也是從前的他。

急轉萬到了。池塘不遠了。**急轉彎**。

怎麼辦？到了池塘又能怎麼辦？把小孩救出池塘。叫小孩活動活動。強迫小孩走過樹林，穿越足球場，走向池爾街的民房。如果沒有人在家，把小孩趕進日產車，把暖氣開到最大，開車去——痛苦聖母教會醫院？急救中心？去急救中心最快的路線是哪一條？

再五十碼，就到步道的起點。

再二十碼，就是步道口。

感謝上帝賜給我氣力。

落水後，羅賓的思想全變成動物思想，沒有文字，沒有身體，全是盲目的恐慌。他決心放手一搏。他伸手抓住冰緣。冰緣碎裂了。他往下沉。踩到泥巴，反彈上升。他伸手抓住冰緣，冰緣碎裂，他往下沉。脫身看起來滿容易的，但他就是無法脫身。就像在園遊會玩打狗遊戲，架子上排著木屑做的三隻狗，似乎拿球一砸就中，但以手裡的球數來說，全砸中的機率並不大。

羅賓想上岸。他知道岸邊才適合他。但池塘一直對他說不。

一會兒後，池塘改說，也許。

冰緣又破了，但在破冰的同時，他能向岸邊掙扎靠近萬分之一吋，下沉時能比較快踩到泥巴。池岸有坡度。忽然間，得救有望了。他樂得抓狂。樂得從頭到腳抽筋。不一會兒，他出水了，冰水從他身上流掉，一片破冰像碎玻璃，卡在大衣的袖口。

像梯形一樣，他心想。

在他的腦海，這座池塘不是背後這片面積有限的圓池，而是一望無際、鋪天蓋地的東西。他覺得最好靜靜趴著，否則，剛才要他死的鬼神會想再試一次。鬼神不只躲在池水裡，也躲在岸上，躲在大自然萬物中，這裡沒有他，沒有蘇珊，沒有媽，什麼也沒有，只有某個小孩的哇哇哭聲，像嚇破膽的嬰兒。

伊伯跛腳跑出樹林，發現小孩不見了。只見黑水。和一件綠色大衣。他的大衣。以前屬於他的大衣，擺在冰上。池水已經漸漸平靜。

該死。

都怪你。

這小孩之所以會走過來，全因為——

岸邊有一艘倒置的小船，附近有個不學無術的人。趴著。正在做工。趴著做工。小孩溺水了，不但見死不救，竟然還趴在那裡——

不對。重來。

趴著的人就是那個小孩。謝天謝地。像新聞攝影之父布雷迪的南北戰爭作品裡的屍體。兩腿仍泡在池裡。像是爬到一半沒力氣。全身溼透了，白色大衣遇水變成灰色。

伊伯明確用了四次力，總算把他拖上岸，無力替他翻身，只能讓他轉頭，至少不讓雪堵住嘴巴。

這小孩有麻煩了。

溼透了，零下十二度。

死定了。

伊伯單膝跪地，扯著為人父親的凝重嗓音，叫他爬起來，叫他動一動身子，否則保不住兩腿，也可能送命。

小孩望著伊伯，眨眨眼，維持原姿勢。

他揪著小孩的大衣，把小孩翻過來，以粗暴的手法逼他坐好。這小孩也在發抖，硬是把伊伯的顫抖比下去。這小孩看起來像正在操作電動鑽地機。必須爲小孩暖身。怎麼個暖法？抱他？趴他身上？作用相當於拿冰棒壓冰棒。

伊伯想到自己的大衣，正放在池冰上，在黑水的邊緣。

唉。

找樹枝。四處找不到。急著用的時候，偏偏找不到一支——

沒關係，沒關係，空手也行。

他沿池畔走了五十呎，踏上池面，繞一大圈，只挑牢靠的地方走，轉向岸邊，開始走向黑水。膝蓋開始發抖。爲什麼？他怕自己也落水。哈。膽小鬼。沒用的東西。大衣就在十五英呎外。他的雙腿在造反。他的雙腿在造反。

醫生，我的雙腿在造反。

是啊，一看就知道。

碎步上前。大衣就在眼前十英呎。他跪下，以狗爬式慢慢前進。索性趴下去。伸直一手去搆。

匍匐向前滑行。

再前進一點點。

再一點點。

接著，兩指勾住大衣一小角，拉過來，然後倒退滑回去，活像倒退游的蛙式，最後直起上半身跪著，站起來，後退幾步，再次遠離黑水十五呎，重返安全範圍。

接下來的情形很像兒女小時候，就寢時間到了，湯姆和裘蒂腦筋鈍鈍的，爸爸叫他們：「舉手」，他們才會舉一手，然後爸爸說：「另一手」，他們才抬起另一隻。脫掉這男童的大衣之後，伊伯才發現，小孩的上衣快結冰了。伊伯剝掉小孩的上衣。可憐的小傢伙。人體不過是黏著幾團肉的骨架。小傢伙挺不過這種酷寒。伊伯脫掉自己的內衣，替小孩穿上，幫小孩把手臂穿進大衣的袖子。伊伯的帽子和手套塞在袖子裡。他替小孩戴上帽子和手套，把大衣的夾克拉好。

小孩的長褲被凍僵了，皮靴凍成冰雕靴。

應該照正確的方式去做。伊伯坐在小船上，脫掉自己的靴襪，剝掉自己的睡褲，叫小孩坐在船上，跪在小孩前，替他脫鞋子，輕輕捶著褲管，把褲管敲軟，不久抽出半條腿。在零下十二度的天氣，適合脫小孩子的衣褲嗎？也許這種方式錯誤。也許反而害死這小孩。他不確定。眞的無從確定。情急之下，他再捶褲管幾下，總算脫掉長褲。

伊伯爲他穿上睡褲、襪子、皮靴。

小孩穿著伊伯的衣物，閉眼站著，身體搖搖晃晃。

要開始走了，好嗎？伊伯說。

沒反應。

伊伯輕拍小孩肩膀一下，把他當成美式足球隊員，鼓勵他動作。

我陪你走回家，好嗎？他說。你住這附近嗎？

沒反應。

他加點力氣，再拍一下。

小孩驚呼一聲，一臉不解。

再拍一下。

小孩開始走路。

連拍兩下。

像在逃命。

伊伯追著小孩跑，猶如牛仔在趕牛。起初小孩因爲怕再挨打，所以開始動，走幾步之後恢復了心慌意識，開始狂奔。不久後，伊伯再也跟不上。

小孩跑到長椅。小孩跑到步道口。

好孩子，回家去吧。

小孩消失在樹林裡。

伊伯回過神來。

哇，慘了。哇，不妙。

忙到不知冷。忙到不知累。

他佇立雪地，渾身只剩內褲，附近有一艘倒置的小舟。

他跛著腳，走向船，坐在雪地上。

羅賓跑起來。

經過長椅，來到步道口，踏上熟悉的小徑，衝進樹林。

怎麼一回事？剛剛發生什麼事？掉進池塘了嗎？牛仔褲被凍僵了？褲子變成不是牛仔褲的東西？

本來是白色牛仔褲。他低頭看自己是否仍穿白色牛仔褲。

他穿的是睡褲，褲腳塞進巨無霸的皮靴，褲子像小丑褲。

剛剛哭了嗎？

我認爲哭一哭有益身心喔，蘇珊說。這表示你懂得善用ＥＱ。

呃。不玩了。眞實世界裡，人家女生都把你喊成羅傑了，你還成天幻想跟她講話，蠢斃了。

煩。

好累。

樹椿到了。

羅賓坐下。休息一下，感覺好舒服。他不想失去雙腳。腳不痛，連知覺也沒有。他不想死。年紀這麼小，他還沒有想過死。爲了休息得更有效率，他躺下去。天空好藍。松樹隨風搖，搖擺的幅度不是每棵都相同。他舉起裹在手套裡的手，看著手打顫。

他想閉眼片刻。走到人生某個階段，人會心生走不下去的感覺。也好，死給大家看。這樣，大家就會知道，欺負弱小並不是好玩的事。有時候，面對百般揶揄戲弄，他度日如萬年。有時候，在學校吃營養午餐，他坐在那塊捲起來的摔角墊上，附近有個斷掉的雙槓。他乖乖吃著午餐，悶到再也受不了。他沒必要坐那裡，但他如果改坐其他地方，總會引來閒言一兩句。這些話傳進他耳朵之後，他會一整天心煩不止。有時候，閒言的主題是他家亂七八糟。這種閒話的來源是布萊斯，因爲布萊斯來過他家。有時候，閒言衝著他用語太有學問而來。有時候，閒言針對媽媽不入流的穿著。在此必須聲明，媽眞正崇尚一九八〇年代風格。

媽。

他討厭同學拿媽當笑柄。媽不知道他在學校的地位多低。媽把他視爲完美典範或金童。

有一次，他進行地下情蒐，側錄媽媽的通聯過程，爲的只是加強偵蒐，採集到的通話內容多半沉悶、平淡，根本沒提到他。

例外的是她和朋友黎姿聊天的一通。

媽在電話上說，愛一個人居然會愛到這種程度，我做夢也沒想到。唉，妳知道嗎，我只擔心自己可能沒法子符合他的期望。他這麼善良，這麼美好。這小孩值得——一切。應該幫他轉到更好的學校，可惜繳不起學費。應該帶他出國玩，可惜旅費也超出能力範圍。我只是不想讓他的人生不及格，妳知道嗎？我這一生的願望只有這一個，妳知道嗎，黎姿？我只但願走到人生盡頭的那天，我不至於愧對這個壯麗好小子。

電話講到這裡，聽起來，黎姿好像啓動吸塵器了。

壯麗好小子。

該站起來走走吧。

壯麗好小子，可以用來當作自己的印第安名。

他站起來，捧著一大堆衣物，活像負荷過重的宮廷隨從，往家的方向回去。

經過卡車廢輪胎，經過步道變寬的一小段路，經過兩棵大樹在空中交叉的地方，看似兩棵樹伸手抱對方。媽說這叫做交織天花板。

經過足球場。家在球場的另一邊，像一頭乖順的大動物。太不可思議了。他活下來了。落入冰池沒死，以後能侃侃而談這段新鮮事。他是小哭了一場，沒錯，但他隨後能笑看一時之軟弱，跋涉回家，帶著一臉諷刺的困惑，而他必須承認並萬分感激的是，託某位老先生及時相助，他才——

他赫然想起那位老人。怎麼搞的？老人的影像閃過他的腦際，畫面中的老人無助站在雪地，穿著緊身內褲，皮膚被凍青了，像戰俘似的，被罰站在帶刺鐵絲網前，因為運囚車人滿為患，他擠不上去。也像一隻受盡創傷的送子鳥，哀痛地向子女揮別。

而他居然拔腿就跑。竟然甩掉那位老人。完全沒考慮到老人。

汗顏啊。

怎麼做這麼孬種的事？

不回去不行。現在就回頭。去扶跛腳老人走出來。但羅賓好累。不確定能否走得動。也許老人會沒事吧。也許老人自有老人族的妙計。

然而，拔腿就跑是事實。羅賓嚥不下這件事實。理智告訴他，抹煞這事實的唯一辦法是及時回頭，皆大歡喜。他的身體卻告訴他：太遠了啦，你不過是個小毛頭，回家找媽媽，媽會知道怎麼辦。

他駐足足球場邊緣，渾身麻木，猶如套著特大號鬆垮衣物的稻草人。

伊伯癱靠著小舟坐著。

天氣變得好快。公園空曠處，有人撐著太陽傘在散步。有一座旋轉木馬，有一支樂隊，有一座涼亭。有人在幾隻木馬上面煎東西，其他木馬背上卻坐著小孩。孩子們怎麼知道哪隻木馬不燙屁股？雪還在，但也維持不久，畢竟這種**大惹**——

大熱天。

你一閉眼就完了，你知道吧？

笑死人。

是亞倫。

事隔這麼多年了，繼父亞倫的嗓音完全沒變。

這裡是什麼地方？鴨池。他帶兒女來過這裡無數次。該走了。再見，鴨池。只不過，咦，好像站不起來。何況，怎能丟下兩個小孩不管？這裡太靠近水了。小孩一個四歲，另一個六歲。搞什麼鬼，太糊塗了吧。怎能把兩個小可愛扔在池塘邊。他們是好孩子，會乖乖等爸爸回來，但他們難道不會等得無聊，跳下池塘游泳？沒穿救生衣？不行，不行，不行。光是想想就反胃。他非留下來不可。可憐的孩子們。被遺棄的可憐——

不對，倒帶回去。

他的子女是游泳高手。

他的子女和「被遺棄」三字從來沾不上邊。

他的子女早已長大成人了。

湯姆三十歲。玉樹臨風。小湯姆用盡辦法，想多學一點東西。即使他以專家自居（鬥風箏、繁殖小白兔專家），他不久恍然覺醒，自己雖然是最貼心、最善解人意的小孩，對風箏／小白兔的認識其實不高深，平常人上網瀏覽十分鐘，就比他更強。不是說湯姆不聰明。湯姆很聰明。湯姆的學習能力一把罩。唉，湯姆，小湯子，湯湯小子！那孩子眞用心！努力再努力。爲了博得父愛。孩子啊，你得到了，你擁有了，湯姆，小湯子，即使是現在我也把你放在心上，時時刻刻不忘你。

裘蒂。裘蒂住在遙遠的聖塔菲。她說她可以請假飛回家。視需要而定。但是，哪來的需要？他不想強求。子女有他們自己的生活。裘蒂球球。雀斑點點的小臉蛋。現在懷孕了。未婚。甚至沒有男朋友。那個拉爾斯太蠢。哪門子的男人會甩掉這種大美女？裘蒂是個徹頭徹尾的甜心。才開始在職場上有所斬獲。工作才起步，不能說請假就請假——

照這種方式重建子女的成長過程，有助於恢復他們在他心中的眞實感——這樣下去，雪愁越滾越大，那怎麼得了？雪球。裘蒂快生小孩了。本來他能活到抱孫子。好悲哀，對。做出抉擇，難免要犧牲一些東西。他已經在字條裡解釋了。有嗎？沒有。他沒留遺書。不能寫。基於什麼因素不能寫？有原因嗎？他滿確定有——

保險金。蓄意做這件事，自曝不得。

慌張一小陣。

這時小小慌張一下。

他來這裡自我了斷。了斷自我，牽扯到一個小孩子。小孩在樹林裡亂逛，嚴重失溫。在耶誕節前兩星期走上絕路。茱麗最愛的佳節。茱麗有瓣膜的毛病，恐慌的時候會爆發，這件事恐怕會——

這不像——這不是他的作風。他不是做這種事情的人。他絕對不會做這種事。只不過他——確實做了。正在做。還在進行中。如果再不動，一定——一定能貫徹到底。一定會成功。

今昔此刻，你將赴天國，與我同在——

他必須抵抗。

眼皮卻一直往下掉。

他極力對茱麗輸送最後幾件心意。好老婆，原諒我。最爛的一件屁事。忘掉我做過這件事。忘掉我這樣地結束生命。妳瞭解我。妳知道我的本意不是這樣。

他來到自己家裡。他不在自己家。他知道。但他卻看得清楚家裡大小的事物。有一張空病床。有一張全家福寫眞照，背景是一道假的牛仔賽圍欄。有一小座床頭櫃。藥盒裝著他的藥。用來呼喚茉麗的鈴鐺。什麼鬼東西嘛。好殘酷的東西。他突然認清鈴鐺的殘酷性。而且自私。唉，天啊。他是誰？前門打開，茉麗喊他的名字。他想躲進日光室。跳出來嚇她。不知爲什麼，房子改裝過了。日光室現在是坎朵爾老師的日光室，她是他童年的鋼琴老師。能在他練琴的房間讓孩子學鋼琴，該有多麼好——

喂？坎朵爾老師說。

她的意思是：還不要死。我們當中很多人想在日光室裡嚴辭批判你。

喂，喂！她喊。

有個銀髮女人繞過池塘走來。

喊一喊就行。

他喊。

爲了保住他的命，女人開始在他身上猛堆人間的物體，有家的味道——外套、毛衣、如雨而下的花朵、襪子、球鞋、帽子——力大無窮，攙扶他站起來，帶他穿越樹林迷宮，樹林仙境，冰晶垂掛的樹。一身衣服堆得好高。就像參加聚會，主人叫客人把外套放在床上，結果堆成小山。她懂得該往哪裡走，什麼時候該休息。她力大如蠻牛。現在他像小嬰兒，被她摟腰抱著跨越樹根。

感覺像走了好幾個鐘頭。她唱著歌。哄著他。咬牙罵他，對著他的額頭猛戳（直直戳額頭），提醒他說，她的小孩在家，幾乎被凍成冰人，不趕快回家不行。

上帝行行好吧，有好多事情要做。如果他活下去的話。他能活下去。這女人不肯讓他說死就死。改天他勢必要向茉麗解釋——說明他做這種事的心路歷程。我當時好害怕，我好害怕，茉。也許茉麗會答應瞞著湯姆和裘蒂。被兒女知道他害怕，那怎麼得了？被他們發現他做傻事，那怎麼得了？唉，管那麼多幹嘛！想講就講吧，公告天下啦！他是做了傻事！他被逼得走投無路，做出傻事，就這麼簡單。這就是他。這事跟他本人無法切割。不再欺瞞，不再沉默，從此過著截然不同的新生活，只要他能——

橫越足球場了。

他的日產車停在這裡。

第一個想法是：上車，開回家。

不行，不准你，她以沙啞的嗓音笑著說，帶他進一棟民宅。公園邊的房子。他見過一百萬次了。現在進這間房子。他嗅到的氣味是男人的汗臭、義大利麵醬、舊書。像一間圖書館，裡面有幾個男人揮汗煮著義大利麵。女人在柴爐前放下他，讓他坐著，幫他拿來一床褐色毛毯，有藥味。不交談，只下命令：喝這，讓我拿那個，裹緊一點，你叫什麼名字，電話幾號？

太奇妙了！穿著內褲在雪地等死，轉眼變成這樣！暖呼呼，色彩繽紛，牆上掛著鹿角，有一支手搖式的古董電話，像黑白默劇裡的道具。很奇妙。每一秒都奇妙。穿內褲坐在雪塘邊卻沒死。小孩子沒死。沒有害死任何人。哈！莫名其妙挽回了一切。現在事事回歸正常了，萬物皆——

女人彎腰摸摸他的疤痕。

唉，哇，不會吧，她說。你剛剛該不會是想做那種事吧？

聽見這話，他想起那塊褐斑仍在他腦裡。

主啊，苦日子還在後頭。

他還想活下去嗎？

想，想，天啊，想，求求你。

因爲，好，這樣說吧——他現在領悟到——假如某某人來到人生終站，身心崩潰了，說了或做了傻事，需要被人照顧，凡事需要別人代勞，那又怎樣？有什麼大不了？誰規定不能講怪話、做怪事、變得怪模怪樣、變得噁心？誰規定屎不能順著大腿往下流？誰規定親人不准搬他、彎他、餵他、擦他，畢竟病床換親人躺，他也會欣然做同樣的奉獻。被人搬、彎、餵、擦，感覺好屈辱，他以前怕過，現在仍怕，但如今他明白，今生仍有許許多多——許多甜蜜的點點滴滴，這是他現在的體會——

幸福的點點滴滴，未來的日子仍有和樂融融的氣氛，而這些和樂的點點滴滴的主權不在他手裡，從來都不是，不容他定躲。

定奪。

那小孩從廚房走出來，整個人幾乎淹沒在伊伯的大衣裡，靴子脫掉了，睡褲的褲管聚集在腳邊。他輕輕牽起伊伯的血手。向伊伯道歉。請原諒他在樹林不夠義氣。請原諒他跑掉。那時候他神智不清。有點被嚇傻了。

伊伯粗著嗓門說，聽著。你很厲害。你沒做錯事。我不是在這裡嗎？是誰救的？看吧。這點功德應該辦得到。這樣安慰小孩，小孩比較不會內疚了吧？算是他對小孩的貢獻吧？活下來的原因，這是一個。不是嗎？沒撿回一條命，怎麼安慰別人？一命嗚呼了，還能做什麼事？

亞倫接近人生盡頭時，小伊伯曾以海牛爲題，在學校做報告，獲得尤斯特絲修女給的A。她的要求相當嚴格。她使用除草機時不愼掛彩，右手缺兩指，碰到學生愛講話，她常用這支手來嚇人。

多年沒憶起這件事了。

他做完報告，修女右手放在他肩膀上，不是想嚇他，而是表達讚美的意思。報告做得好精彩。各位同學，你們應該向唐諾看齊，認真看待自己的學業。唐諾，我希望你回家跟父母分享這件事。小伊伯放學後，回家告訴媽媽，媽建議他去和亞倫分享。在那天，亞倫氣色好一些，比那東西好很多。而亞倫——

哈，哇，亞倫。他眞了不起。

坐在柴爐邊，伊伯熱淚盈眶。

那天亞倫說——誇獎他好棒。問了幾個問題。關於海牛的生態。牠們吃什麼呢？能彼此溝通嗎？以亞倫那時的狀況，肯定很吃力！聽繼子連續談四十分鐘的海牛經。還被迫聽繼子寫的一首詩，一首十四行詩，歌頌海牛的詩。

亞倫有起色，變回原來的他，讓小伊伯好開心。

現在伊伯心想，我可以像他。我想儘量效法他。

腦袋裡的人聲顫巍巍、空洞、猶疑。

隨即響起警笛聲。

莫名想起茉麗。

他聽見茉麗在門口。茉，茉麗，從何說起。結婚之初，小倆口常吵架，罵盡最無俚頭最難聽的字眼。吵架後，有時會掉幾滴淚。在床上落淚？然後，兩人會——茉麗會把溼熱的臉貼向他溼熱的臉，兩人會互相道歉，以身體道歉，歡迎對方回來，而那份感覺，對方一次又一次歡迎你回來的感覺，以溫情包容你至今才初露的缺點，那種感覺才是他有生以來最深刻、最眞摯的感——

她神色慌張走進來，道歉連連，臉上有一抹怒意。他害茉麗尷尬。他看得出來。他做這種事，顯示茉麗疏於體會丈夫的需求，她因此尷尬。她太忙著照顧病人，沒注意到病人多害怕。茉麗氣他搞這種飛機，在他需要呵護時卻生氣，因此也感到慚愧，於是趕緊拋開慚愧和怒火，關照病人最重要。

全寫在她的臉上。他對茉麗太瞭解了。

另外也寫著關懷。

在那張可愛的臉蛋上，蓋過其他字的是關懷。

她朝他走過來，陌生人家中地板有點凹凸不平，她步履蹣跚了一下。

——全書完——

謝辭

在此感謝麥克阿瑟基金會、古根漢基金會、美國藝文學會、以及雪城大學慷慨支持本書的創作。

我也想藉此感激下列人士：

Esther Newberg十六年來不辭辛勞提供指引，以友情支援，致贈我一項大禮，讓我能心無旁騖，只顧創作，而她憑超人的眼光與精力，爲我照料其他事務。

Deborah Treisman爲我在《紐約客》雜誌的作品精心編輯，工作態度寬容，其意見總對我的作品產生深遠的影響。

Andy Ward提供的友誼、高見與對我的信心令我感激，也感謝他以恆常的樂觀態度，在我們合作本書時於杜拜、尼泊爾、非洲、墨西哥、夫雷士諾，讓我感染到歡樂氣息。

Caitlin與Alena：這些年看著妳們，我學習到「善」不只是可能的，而且是人的本性。

Paula：這二十五年來，我做過的每一件重要的事，全仰賴妳的善意、建議、不曾稍減的信念提供給我的靈感、無私的協助、愛的叮嚀。對妳感激萬千。我前世累積的功德一定是好到不得了。

大師名作坊 143

十二月十日

作　者—喬治・桑德斯
譯　者—宋瑛堂
主　編—嘉世強
編　輯—鄭雅菁
美術設計—霧室
責任企劃—鄭哲涵
董事長—趙政岷
總經理
總編輯—余宜芳
出版者—時報文化出版企業股份有限公司
10803台北市和平西路三段二四〇號四樓
發行專線—（〇二）二三〇六—六八四二
讀者服務專線—〇八〇〇—二三一—七〇五
（〇二）二三〇四—七一〇三
讀者服務傳真—（〇二）二三〇四—六八五八
郵撥—一九三四四七二四時報文化出版公司
信箱—台北郵政七九～九九信箱
時報悅讀網—http://www.readingtimes.com.tw
電子郵件信箱—liter@readingtimes.com.tw
法律顧問—理律法律事務所　陳長文律師、李念祖律師
印　刷—勁達印刷有限公司
初版一刷—二〇一五年三月二十七日
定　價—新台幣三二〇元
⊙行政院新聞局局版北市業字第八〇號

國家圖書館出版品預行編目（CIP）資料

十二月十日 / 喬治・桑德斯（George Saunders）著；宋瑛堂譯. -- 初版. -- 臺北市：時報文化, 2015.03
面；　公分. --（大師名作坊；143）
譯自：Tenth of December
ISBN 978-957-13-6204-5（平裝）

874.57　　104002016

ISBN 978-957-13-6204-5
Printed in Taiwan

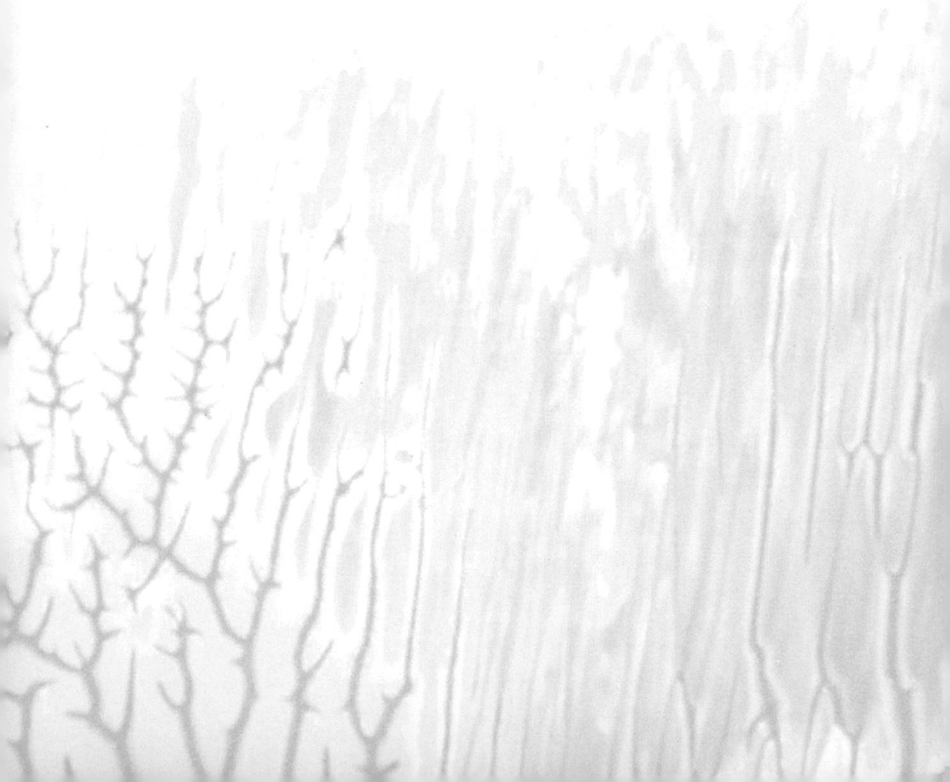